U0893429

虎影

中国野生东北虎保护纪实故事

人虎相逢

田犁 著

时代出版传媒股份有限公司
安徽少年儿童出版社

图书在版编目（CIP）数据

虎影. 人虎相逢 / 田犁著；杜新月插图. — 合肥：安徽少年儿童出版社，2022.2（2024.1重印）

ISBN 978-7-5707-1330-1

Ⅰ. ①虎… Ⅱ. ①田… ②杜… Ⅲ. ①纪实文学－作品集－中国－当代 Ⅳ. ①I25

中国版本图书馆CIP数据核字（2021）第277711号

HUYING REN HU XIANGFENG

虎影·人虎相逢　　田　犁　著

出 版 人：李玲玲　　策　　划：唐　悦　　责任编辑：唐　悦
责任校对：江　伟　　责任印制：朱一之　　插　　图：杜新月
出版发行：安徽少年儿童出版社　E-mail:ahse1984@163.com
新浪官方微博：http://weibo.com/ahsecbs
（安徽省合肥市翡翠路1118号出版传媒广场　邮政编码：230071）
出版部电话：（0551）63533536（办公室）63533533（传真）
（如发现印装质量问题，影响阅读，请与本社出版部联系调换）
印　　制：阳谷毕升印务有限公司
开　　本：889 mm × 1194 mm　1/32　印张：4　插页：4　字数：70千字
版　　次：2022年2月第1版　2024年1月第3次印刷

ISBN 978-7-5707-1330-1　　定价：29.80元

版权所有，侵权必究

用远红外相机拍摄到的野猪（珲春东北虎国家级自然保护区管理局供图）

东北虎豹国家公园里的东北虎正好奇地注视着摄影师的镜头（谷宝臣／摄）

作者（左二）在东北虎豹国家公园里的三岔河林场采访林区老工人

狍子的好奇心特别强，就算遇到危险，它也会停下来查看。人们觉得它很傻，所以称它为“傻狍子”（珲春东北虎国家级自然保护区管理局供图）

东北虎豹国家公园里的花栗鼠。花栗鼠喜欢在早晨出洞穴活动。入冬前，它会大吃特吃、存储脂肪，为冬眠作准备（谷宝臣／摄）

东北地区是中国森林面积最大、重点林区最集中的地区。这里的树木因为气候寒冷而生长缓慢（王传利／摄）

东北虎豹国家公园内森林茂密、风景宜人，这里是以东北虎、东北豹为代表的野生动物的家园（谷宝臣／摄）

郎建民在山林中执行巡护任务时，用手机拍摄到的梅花鹿

目 录

MULU

第一章

与虎争食

“爷爷，谁敢跟老虎抢吃的呀？”

“我问你，东北虎吃什么？”

“吃野猪、鹿和狍子，有时还抓黑熊。”

“那山里的猎人主要打哪些猎物？”

“野猪、鹿和狍子，也有黑熊。”

“这些野生动物被人吃掉了，那东北虎吃什么呢？”

“爷爷，山里的野兽被猎人打了，老虎不会没得吃吧？”

“都说靠山吃山，孩子，你不知道山里人当年打猎是什么样子——一个小山村里人人都是猎人，连小孩子都会下套子。有自己打遛围的，有带着猎狗打狗围的，有几个人合伙打大围的……最盛行的时候，大人有事孩子就跟着上山去，村子里一家出一条猎狗——几十个人，上百条猎狗呀。你说，山上的动物能不遭殃吗！

“后来伐木建林场，开荒建农场，林场和农场都成立了打猎队。一到秋冬，为了给大家改善伙食，一群枪法好的人就上山打猎。

“狩猎季，无论是生产队还是林场、农场的仓库里，都堆着狍子、鹿、黑熊这些猎物。现在想来，多叫人心疼啊！”

“爷爷，怪不得现在就是进了山，都很难看到野生动物了。”

“孩子，你想知道当年人们是如何疯狂、贪婪地打猎的吗？爷爷给你讲几个早年听到的故事吧。”

袭击野猪群

发现野猪群

冬天用神奇的雪，铺遍了山野，以往茂密的林子，现在清晰疏朗起来。那一棵棵高大挺拔的树木，脱光了叶子，裸露着坚硬的树干，俨然是一个个健美的运动员在秀肌肉。

小铁子拉着爬犁，踩着白皑皑的雪路，来到北山上砍柴。他选择了一片桦树林，因为妈妈做饭喜欢烧桦木柈子，所以把桦树皮剥下来，引火最好了。刚砍了两棵桦树，他举在空中的斧子，却突然停下来。因为他看见对面的山坡上，一大团黑乎乎的东西在蠕动；再仔细一看，哎哟，那是一大群野猪呀！少说也有一百来头。冬天落光了树叶，一片白雪映衬的山上，长着黑毛的野猪看得清清楚楚。

小铁子再也顾不上砍柴火了。他拽起爬犁，就往山下跑。一进院子，妈妈见他慌慌张张的样子，吓了一跳："咋啦，柴火没砍，拉着空爬犁回来了？"

小铁子急忙从墙上摘下枪："妈，我在山上看到一大群野猪，我得赶紧去找刘叔！"

妈妈一听，脸上堆起了笑，她知道又有野猪肉吃了。小铁子连跑带跳，到了邻居刘德成家。

刘德成是这一带有名的"炮手"，打猎打了半辈子，枪法特准。听小铁子说来了野猪群，刘德成顿时来了精神头："好小子，这回咱爷儿俩可要过过打猎的瘾啦。"

跟踪野猪群

小铁子和刘德成大步流星地来到北山对面的南山坡。这里是一片密匝匝的橡树林。洁白的雪地上，挺立着粗大黝黑的老橡树，它们伸展着一根根胳膊一般粗的树枝。

秋天时，这些树枝上满是椭圆形的橡果。等橡果被秋风摇落了，光秃秃的树干不想空着手，似乎要去扯天上的白云来装扮自己似的。

林子里，地上的雪被拱开了一道道沟，像是被哪个勤快的农民犁过一般，一看就知道是野猪曾在这里找橡果吃。这些家伙，吃完了东西也不知道收拾一下，把原来整洁、平坦的雪地弄得乱七八糟的。

这爷儿俩顺着雪地上留下的一片零乱的蹄印，往前追去。翻过一道山，只见前面山坡上的林子里，一头头野猪正在慢慢地走着。这爷儿俩蹚着厚厚的积雪，加快了脚步。等他们刚下了山坡，野猪群已经翻过了前面的山冈。

他们往山顶爬时，刘德成突然停下脚步，试了试风向，连声说："不好，风向变了，刚才我们还是顶风，现在是顺风，野猪准是嗅到我们的气味了。"

爷儿俩爬到了山顶，前面是一片低洼的山谷。

那一大群野猪突然不见了踪影。它们不会跑得这么快呀！刘德成和小铁子在那里纳闷。朝前望过去，对面的山坡上连野猪的影子也没有。山上光秃秃的，只有白雪中挺立的树干。

这些野猪会去了哪儿呢？小铁子愣在那里，弄不明白。

一向经验丰富的老猎手刘德成，围着地上野猪零乱的足印，仔细查看。看了一会儿，他终于看出了门道："嗬，原来这些狡猾的家伙，从雪下面钻入了山谷。铁子，你看——"

刘德成发现了野猪群失踪的秘密，他把野猪钻进雪下露出的痕迹，指给小铁子看。

"那我们现在怎么办？我们撵上去，把它们从雪下赶出来打吗？"

"不能这样干。我们在上面，它们在下面。它们没出来，你没法开枪。如果到了跟前，它们要是突然从雪下蹿出来，那咱们可就危险啦！"

"那咋办？"小铁子瞅着老猎手，一脸茫然。

雪地开花

野猪再狡猾，也斗不过刘德成这样的好猎手。

刘德成算到野猪不会总在雪下钻，它们用不了多久，就会从下面钻出来。他和小铁子分头从山冈上和山坡下绕到野猪群的前面去。这样到了下风头，野猪闻不到他们的气味，就发现不了他们。

这些野猪钻进沟塘子的深雪里，以为后面追它们的猎人找不到它们了。当它们在雪下穿过这片沟塘子，到了对面的山坡，从雪下钻出来时，没想到早已经等在那里的，是两杆猎枪。

“啪——啪——”

“啪——啪——”

枪声接连响了起来。刚从雪下钻出来的野猪，一头接一头地被打倒了，没有被打中的野猪四下里奔逃。爷儿俩拎着枪，清点地上被打死的野猪。嗬，这么一会儿工夫，就撂倒了十四头。

小铁子和老猎人刘德成拔出刀，忙着给野猪开膛。这下可忙活了好一阵子，他们累得满头大汗，呼呼直喘。最后，他们卸下一个猪头，挂在树杈上。这是上山打猎人的规矩，是用来孝敬山神爷的。

都收拾利索了，爷儿俩轻松地扛着枪，下山回村，找人赶马爬犁来把这些野猪拉回村里。当他们兴高采烈地往回走时，突然，刘德成停下来，瞅着雪地发愣。跟在后面的小铁子上前一看，也瞪大了眼睛。

雪地上有一行梅花状的足印。这是一只东北虎刚留下的！

“是我们动了山神爷的口粮啊，这群野猪原来是山神爷赶来的——”

老猎人刘德成喃喃地说着，“扑通”一声跪了下来，旁边的小铁子也跟着跪下。

“山神爷，饶恕我们吧，我们不知道这是您赶的猪。打死的野猪都放在前面山坡上，您想吃多少，就吃多少……”

多两头野猪

狩猎归来，两位猎人心情格外好。到了家，刘德成让邻居王大栓套上马爬犁，跟他说明了方位，让他去把打到的野猪拉回来。他招呼小铁子到自己家里，一块儿痛痛快快地喝上几杯。

小铁子更是兴奋得不得了，他的肚子早已经饿了。

这爷儿俩今天收获颇丰，边喝边唠，足足喝了一下午。不知不觉，天已经黑了。这时，去山上拉野猪的王大栓进了屋。

“大侄子，把你累坏了吧，野猪都拉回来了？快坐炕上暖和暖和。”刘德成招呼着。三个人吃饱喝足了，起身去仓房清点拉回来的野猪。

在仓房里，已经冻硬的野猪一头头堆在地上，像座小山。小铁子数了数，觉得有点不对劲，直晃脑袋。

“咋啦，少拉回来了？”刘德成问。

“不是少，我怎么感觉，好像是多了。我们打了十四头，我数了两遍，怎么会是十六头哪？”小铁子弄不明白。

“哦，是十六头。”旁边的王大栓说。

“那两头哪儿来的？不会是你把别人打的野猪也给拉回来了吧？”刘德成问。

王大栓乐了：“大叔，我说了你信不？我在上山的路上，恰巧遇到了两头陷进雪里的黄毛子[1]。瞅着这些家伙在深雪里干扑腾，也出不来，我就过去，几下子把它们都收拾了。”

“好家伙，真有你的，比我们出手还厉害！”

---

①黄毛子：因小野猪毛色还未变成成年野猪的通体黑色，身体为黄色夹棕色条纹，故称黄毛子。

刘德成拍着王大栓的肩膀，三个人的笑声在仓房里回荡着。

东北的狩猎活动

最早有文字记载的狩猎活动，始于清康熙皇帝东巡时期的桦皮山行围。《清实录》记载，在桦皮山行围中，康熙帝曾亲射三虎。清入关后，将长白山视作龙兴之地，对其进行了长达二百多年的封山。直到一八六〇年解除封山，狩猎活动又在民间兴起。

在东北，喜爱狩猎的鄂伦春族人便以狩猎为主要生活方式。鄂伦春意为“住在山岭上的人”，歌曲《勇敢的鄂伦春》中唱道：“高高的兴安岭，一片大森林，森林里住着勇敢的鄂伦春，一呀一匹烈马一呀一杆枪，翻山越岭打猎巡逻护呀护山林。”新中国成立后，政府帮助鄂伦春族人下山定居，他们才结束了世世代代的游猎生活。

由于二十世纪五十年代开发北大荒、三年困难时期、七十年代知青潮等因素，外来人口大量拥入东北地区。因为粮食的短缺，猎杀动物成为当地人的主要食物来源。居民靠山吃山，各处新建的农场、林场都组建了打猎队以改善伙食。

棒打狍子

雪地陷狍子

宋玉宝在大杨树村的姥姥家住了一宿。夜里一场大雪，好像老天爷把银屑玉碎全都倾倒到人间来了。雪足足下了有一米多深。早上起来，院子里积得厚厚的雪，竟把姥姥家房门都堵住了。

宋玉宝费了好大劲儿，才把门推开一道缝。然后他一点点钻出来，用了一上午的时间，才把姥姥家院子里的雪打扫干净。

下午，宋玉宝沿着山路，往自己家蛤蟆河村走。两边是一排排挺立在雪地上的大树。云杉、冷杉和红松像威武的将军，白桦和青杨像精干的士兵。被积雪压得歪歪扭扭的灌木，如穿着雪白礼服参加舞会的姑娘，一个个开心地舞动着纤细的腰身。落光了叶子的树木在雪的映衬下，显得格外清朗，一眼能望出去好远好远。

前面林子里好像有什么动物，一个黄乎乎的东西在雪地上格外晃眼。宋玉宝停下来，伸着头望去：原来，是一只狍子。它陷在深雪中，走不了啦。宋玉宝心里一阵高兴：嗬，逮狍子去！便离开山路，朝那只狍子跑去。可是，他刚离开山路，往山里迈步，就一脚陷进路旁深深的雪里。

雪一直没到他的大腿根，好像有人在下面紧紧抱住了他，不肯让他走。他使出好大的劲，才能迈出一步。他整个身子都用力摇晃，艰难地想要把自己从雪地里拔出来。半天才走短短一段距离，他已经浑身冒汗了。

看看前面还有很长一段距离，宋玉宝有点泄气了。他开始担心，不知下一脚会踩到哪儿。如果雪下面有深沟，那他就会完全陷进雪里，爬不出来了。

望着远处还在雪地里慢慢挣扎的狍子，宋玉宝只好摇摇头，转身回到山路上。他一边走，一边恋恋不舍地望着林子里那只狍子，直到走远了，再也看不到为止。

满爬犁狍子

宋玉宝快到村口的时候，看到前面有一老一少两个人拉着爬犁，爬犁上面堆着黄乎乎的东西。

他们拉的是什么呀？宋玉宝在后面觉得好奇，快跑了一阵，撵了上来。

到了跟前，他看清了，原来是满满一爬犁的狍子。他细心地在后面边走边数起来：哟，整整十一只狍子。他看出前面拉爬犁的是本村的猎人陈守财和他的儿子陈发。

宋玉宝跑到前面，一边抓住爬犁辕木帮着拉，一边兴奋地跟陈守财说："陈叔，你好厉害哟，爷儿俩打了这么多狍子！"

陈守财冲着宋玉宝一乐："这还要感谢老天爷，下了这么大的雪，把山上的狍子送上门来了。"

"陈叔，你的枪法准，在咱们这一带那可是数一数二的。"

"大宝子，我刚才说了，感谢老天爷下的大雪，咱们弄了这么多狍子，其实一颗子弹都没用。"

"那这是逮的？"宋玉宝突然想起，自己在山路上看见的陷进雪地里的狍子。

"对呀，就是活逮。这雪下得太厚了，狍子陷进雪地里跑不动，咱们撑起滑雪板追上去，它就干等着挨棒子啦——”

陈守财高兴得一阵大笑：“大宝子，别忘了晚上到我家取一块狍子肉哇。”

制作滑雪板

回到家里，宋玉宝吃了半碗饭，就撂下筷子，急着往外走。

“这么大的雪，晚上还干啥去？连饭都没怎么吃！”妈妈不放心地问。

“我到陈守财家去有事。”

到了陈守财家，只见爷儿俩在外屋，正忙活着收拾狍子哪。见宋玉宝来了，陈守财拎着刚卸下来的一条狍子腿，“啪——”扔在宋玉宝面前。

“拿着，我再给你剔一扇狍子排骨。”

宋玉宝接过狍子肉：“谢谢陈叔。”

“客气啥，山上有的是！一天就打了这么多，反正我们也吃不了，不是卖就是送人呗。吃完了再来取。”

“陈叔，其实我来不是取狍子肉，我是找你有事的。”

“啥事，你快说吧。”

“我想求你帮我做一副滑雪板，再教我滑雪。我要跟你们一起上山打狍子。”

“好呀。你早该学滑雪了。你看咱们村里的年轻人，有几个不会滑雪的？今天我们爷儿俩去东大山，还有好几伙人往别的山去了，我估摸他们也一定没少打。明天你跟我上山找一棵好的桦树，我帮你做一副滑雪板。等教会你滑雪，你跟俺们发子一块儿上山打狍子。”

“谢谢陈叔！”宋玉宝一看陈守财答应了，高兴地拎起地上那块狍子腿肉就走。

“哎，大宝子，我还没给你剔狍子排骨哪——”陈守财冲着宋玉宝的背影喊。

宋玉宝已经跑出了门。回家一进屋，妈妈看他兴冲冲的样子，手里拎着那块狍子腿肉，乐了：“闹了半天，你是到人家家里去要狍子肉呀！大宝，你是馋肉啦，你早跟妈说呀，妈去买点猪排骨炖炖。”

“妈，我不是特意去要狍子肉，这是人家顺便给的。我是求陈叔替我做一副滑雪板，再教我滑雪。我要自己上山打狍子！”

“好儿子，还挺有志气的。”

老天降大雪

几天后，陈守财就为宋玉宝做好了一副滑雪板，又抽空教他滑雪。更多时候，是陈守财的儿子陈发教他。哥儿俩本来就是好伙伴，宋玉宝有了想进山打狍子的想法后，他跟陈发来往就更密切了。

上山打狍子，得要老天配合。一是冬天里刚下过厚厚的大雪，第二天就是上山追打狍子的最佳时机；二是开春天渐暖，白天阳光照得雪层表面融化，夜里雪的表层就会结冰，狍子踩进结了冰壳的雪里，不容易拔出腿来。有时，冰壳还会把狍子的蹄子划破。这时更是追打狍子的好季节。

一个多月后，宋玉宝的滑雪技能已经快赶上陈发了。陈发说，再遇到下大雪，就可以带着他上山棒打狍子了。

那天傍晚，灰蒙蒙的天飘起了雪。宋玉宝跑到外面，站在院子里朝天上望着。妈妈喊他：“下雪有啥看的！”他不理会妈妈，也不进屋。

雪片开始蝴蝶一般，悠悠地曼舞着；一会儿就如同圆圆的椴树叶一样，一片片、一团团，飞着，舞着，落下来铺到地上。雪花越来越大，落得越来越急。它们好像都是急着从天上落下来为大地铺被，来给山山岭岭打扮吧。

宋玉宝在外面站了一会儿，等他进屋，身上已经如同穿了一件厚厚的白毛衣。

夜里，他几次醒来，听到外面窸窸窣窣的落雪声，知道雪还在下，才安心睡去。

天一亮，他就穿戴好，拿出心爱的滑雪板。妈妈早看出儿子今早会急着上山打狍子，已经起早把饭做好了。

宋玉宝匆匆吃完妈妈准备的饭，就去找陈发。

棒不打狍子

宋玉宝和陈发到了山上。在宋玉宝眼里，今天雪中的大山比往常更神奇，更壮美。

平日里习以为常的雪，此时如白毡一般把山岭的道路铺了个严严实实、平平坦坦。宋玉宝现在觉得这都是为他铺就的。雪中的树棵棵挺立，如同白纸上画出黑色的线条，让这雪中的山充满了魔力，焕发了生机。

他们先把爬犁放在路边。陈发说："我们分头行动。我从这儿往左边的山里去找，你从这儿去右边山里。打到了狍子就拽下来，装到爬犁上。我们打到下午一点吧，咱们还是在这里会合。”

宋玉宝跟陈发一分手，便撑起滑雪板，迅速滑进山林里。他铆足了劲儿，一进林子，就像鸟儿飞上了天空。他用力快速撑着雪杖，觉得自己正在扇动着羽翼。

滑雪的感觉真好，脚下的滑雪板就像一副翅膀，托着他在林子里尽情地飞呀飞。宋玉宝正感觉美美的，突然，一片鲜黄的色彩映入眼帘。前面树下的雪地上，正趴着一只狍子。

他心里一阵狂喜，双手用力支撑着滑雪杖，顷刻间便滑到了狍子跟前。

嗅觉和听觉灵敏的狍子，感觉到人的到来，挣扎着想逃离，可是刚迈出一步，就深陷进雪里。它好不容易拔出腿，拼命地迈下一步，可是此刻，宋玉宝已经到了跟前。

宋玉宝的目光与狍子的目光撞到了一起。

他还是第一次这样看着狍子。那陷入雪里的狍子，用水汪汪的大眼睛盯着他，现在好像已经不害怕了。也许它清楚，反正自己是逃不掉了，唯有一死。

宋玉宝突然感到奇怪：这怎么会是野兽的眼睛

哪，那眼神比人的眼神还柔和。他盯着的那双狍子眼睛好像会说话。这一瞬间，宋玉宝举起的木棒没有立刻砸下来。他觉得这狍子跟自己家养的牛羊一样，在喂它们时，牛羊总是这样看着自己。

这是一只母狍子，因为它头上没有角。也许到春天时，它还会生小狍子。宋玉宝的心软了，他的棒子无力地垂下来。

“你快走吧——”宋玉宝喃喃地说。

他不再看那只仍旧趴在雪里，有些发愣的狍子，转身离开，滑进了林子。

之后，宋玉宝一连遇到好几只狍子，可是每当他挥起棒子要打的时候，那些狍子都会用水汪汪的大眼睛看着他。这让他的心立刻软了，棒子还是砸不下去。

太阳升到头顶，前面陷进雪地里的是一只大公狍子，一对大角如同晃动的树杈。这次，宋玉宝想，自己要是空着手下山，见到陈发可就不好意思了……

到集合时，陈发的爬犁上已经堆了七八只狍子。他奇怪，宋玉宝怎么只打到了一只狍子哪？

陈发是不会理解宋玉宝的，因为他没有用自己的心，去注视狍子的眼睛。那是怎样的一双水汪汪、满含着胆怯和柔弱的眼睛哟……

开车打狍子

借　车

许长生来找孙大兵："大兵，想办法借一辆车，我们去打狍子呀！"

孙大兵和许长生是老同学，从小玩到大，两人的关系非常好。

"开车去打狍子？"孙大兵有点弄不明白，"打狍子，扛着枪，带着猎狗，到山上转就是啦！开车干吗？游山逛景啊！"

许长生神秘地眨眨眼睛："这你就不知道了吧，开车打狍子，那可是老过瘾啦！"

"你快说说，怎么个开车打狍子？"

"前天，我去花砬子林场办事。听他们林场的两个人在那里兴致勃勃地讲，晚上开车去打狍子，一打一个准儿。因为现在刚收割完地，山上的狍子就在晚上下山，到庄稼地里拣落下的庄稼吃。他们说，晚上开车出去，有的地里，狍子一群一群的，还有跑到路上的！他们在路上打狍子，把车停在路边，你猜怎么着，出去一个多小时回来，就打了十几只狍子哪……”

“真的呀？”孙大兵一听便坐不住了。

孙大兵心里杀戮生灵的狂热，就这样被贪欲点燃了。

开车打狍子

孙大兵很快就借来一辆越野车，他能耐真不小，还同时搞到两杆改装的半自动猎枪。许长生特意交代，白天打狍子可以精确瞄准，晚上见了狍子，只有连发几枪才能打到。

当天晚上，他们带着猎枪，驾驶着越野车进山了。

车窗外，路两边是黑黝黝的群山的剪影，好似巨人卧在夜的天幕下酣睡。路两侧都是密密的林子，那粗壮高大的乔木，站在静夜中沉思；低矮的拥挤在一起的灌木，你缠着我，我靠着你，像在窃窃私语。偶尔会在一侧闪现出一片田野，平躺在夜色里，地里浮动着乳白色的雾气，那是田野在呼吸哟。

“快看，有一只狍子站在路中间！”开车的许长生轻声叫道。

在越野车灯的照射下，前面约五十米处，路中间真的站着一只狍子，它的两只眼睛像两盏小灯在闪烁。它一定是吓呆了。

“啪——啪——”

孙大兵的动作极快，他手里的枪响了。路中间的狍子往前跑了几步，就倒了下去。

“打中啦！停车，我下去拣狍子。”

“看把你急的，继续往前开，狍子多着哪，等我们打完了，再往回边走边拣。”

真让许长生说对了。车往前开了一会儿，又出现了一只狍子。这只狍子正沿着山路行走，车灯照到的是它的后半身。它听到了汽车的轰鸣声，却没有立刻逃跑，还转过头来，闪动两只水灵灵的大眼睛，傻望着。它好像在问：“你们跟着我干啥？”

这种动物，难怪人们叫它傻狍子。它发现异常，首先想到的不是逃跑，而是想看看是怎么回事。正是这种好奇心要了它们的命。

枪响了……

又一个美丽的生灵倒下了。夜幕下，大地在痛苦地颤抖。

狍子遭殃

两个人边开车边打，一路接连打到五只狍子。前面路边出现了一大片庄稼地。许长生把车速放慢，他朝地里望去，隐隐忽忽望见许多黑影在晃动。

他们把车停在路边，用车灯往地里一照，数不清的狍子正在吃地里落下的庄稼的残秸余穗。它们抬起头来愣愣地张望着，一时不明白发生了什么，地里闪动着绿莹莹的一片亮点。

许长生和孙大兵跳下越野车，朝着地里的狍子开枪了。

“啪——”“啪——”

激烈的枪声伴随着狍子的逃跑声，乱作一片。之后，一切沉寂下来。

他俩打着手电，到地里查看。天哪，他俩总共打中了七只狍子！不能再打了，否则越野车的后备厢都塞不下了。他俩跑了两趟，才把所有的狍子都拉了回去。

第二趟回去时，两人从车上往下卸狍子。尽管声音很轻，但还是惊动了屋里的许长生的媳妇。她披着衣服出来一看，两人正往仓房里摞狍子呢。

长生媳妇看着那么一大堆狍子，吓了一跳："哎呀妈呀，你俩从哪儿弄了这么多狍子？"

孙大兵回答："我刚才跟长生一起开车打的。"

"开车打的？"长生媳妇愣愣地站在那儿，一时竟说不出话来。她惊讶这么多刚才还活蹦乱跳的狍子，现在都静静地躺在地上。平时连杀只鸡都发怵的长生媳妇，蹲在地上，嘴里叨念着："你们怎么打了这么多狍子啊……"

法律保障

一九八九年，我国颁布了《中华人民共和国野生动物保护法》，对猎杀野生动物的犯罪行为加大了惩治力度。特别是二十世纪九十年代中期，在黑龙江省和吉林省，政府收缴了民间私藏的枪支，对遏制猎杀野生动物起到了很好的作用，偷猎现象基本得到了控制。

偷猎已成为导致野生动物物种资源被破坏的最直接的因素。反偷猎则成为珍稀野生动物保护的一项重大课题。

然而，作为东北虎主要食物的大中型有蹄类动物，如野猪、狍和鹿类，被不法之徒偷猎的状况在东北林区依然存在，这直接威胁着东北虎的生存。

为保护东北虎、东北豹等野生动物，一九九六年，吉林省在全国率先以法律形式实施了全省“五年禁猎”行动，第一个禁猎期满后又继续实行禁猎。禁猎七年间，全省共收缴、封存民用枪十万余支，破获乱捕滥猎、非法经营、走私野生动植物案件千余起，处罚违、法违纪人员近千人。

经过有效保护，目前，吉林省野鸡、野兔、狼、野猪和狍子等动物种群的数量迅速恢复，已形成了一定规模的自然种群，为东北虎、东北豹等国家重点保护动物提供了较好的食物来源。

窖　鹿

窖鹿王

于树生年轻的时候，就是塔头甸子村有名的猎人，连老炮手都对他的枪法赞不绝口。无论野猪、鹿还是狍子，只要让他发现，就别想逃掉。后来，他把猎枪扔到一边，开始一门心思地琢磨起窖鹿。

山里人打鹿不只是为了果腹，鹿肉是不值钱的，鹿茸才能卖上好价钱。要取鹿茸，只有在春天公鹿刚长出鹿茸时，快速割下鹿茸。于树生看到别人活捉到鹿后，饲养起来，人工割茸，可以长期获益，于是他决定专门窖鹿。

这窖鹿，就是在马鹿和梅花鹿经常出没的地方，挖出一个长、宽、高各六尺（约 2.6 米）的大坑，然后在坑的顶部铺好一层“井”字形木杆，木杆一定要又轻又细。如果粗了，鹿走在上面踩不断，就不会掉下去。摆放好木杆后，用枯树枝覆盖严实，上面再铺上薄薄的一层浮土和草皮。这还不算完，挖窖时还要在窖的两侧摆上一些粗大的树枝，形成路障，这样才会使路过的鹿在躲开路障时误入陷阱。

鹿窖挖成后是不能立即使用的。等到半个月后，鹿窖的新土开始长出了嫩草，人留下的气味全都消失了，这时候才可以“窖鹿”。

窖鹿还分“等窖”和“赶窖”两种。“等窖”是在鹿经常出没的地方，挖好鹿窖。鹿有爱走熟悉路径的习惯，等它们再路过这里，就会在躲避设好的路障时，掉进鹿窖。“赶窖”是猎人们带着猎狗，拉网似的围山赶鹿。被猎人们赶得惊慌失措的鹿，顺着设有陷阱的路逃跑，跑着跑着，就掉进了陷阱里。

于树生干啥像啥，他窖鹿的技艺跟他的枪法一样，村子里无人能比。没几年，他就在山脚下建起了一排鹿圈。于树生从有名的炮手，变成远近赫赫有名的“窖鹿王”。

上山窖鹿

自从成立了生产队，于树生每天到队里干活，就再也没窖过鹿。

这天，生产队长找到于树生：“大叔，跟您商量点事儿，算是您帮我。您哪，也能增加收入，年底肯定能捞不少钱哪！”

于树生瞅瞅年轻的生产队长：“啥事儿，你就直说吧。”

“大叔，咱们生产队我当队长这几年，一个工老是五六毛钱。到了年底，乡亲们眼巴巴瞅着，盼能多开几个钱好过年。可是，生产队没有来钱的道儿呀！您说，我咋就忘了，您可是窖鹿高手，咱们干吗不靠山吃山，捉来活鹿，养鹿、割鹿茸呀？

“身边有大叔您这样的高手不用，这不可惜了！再说，大叔，您现在都五十多岁了，跟大伙儿一起下地干活，凭您的力气，您干活的手把儿[①]，肯定挣不上满分。但要说上山窖鹿，谁也不能跟您比呀。”

于树生听了直点头。

“大叔，您要是答应我，上山去窖鹿，每天我

---

①手把儿：东北方言，指在做活儿上的技巧能力。

给您记满分的工。这还不算，每窖到一头鹿，我再给您加五个工！这要到了年底，您老准能窖个十头八头的鹿，那谁家能比得过您？养了鹿，再割了鹿茸卖，生产队有了钱，那一个工可不就是五毛六毛啦？”

“这事是不错。”于树生听着听着就乐了，“大侄子，行啊！干农活我确实一般般，窖鹿咱可是拿手。你说啥时候去，我就啥时候去！”

于树生上山了。他选好一处鹿经常出没的地方，开始挖鹿窖。

每天，天蒙蒙亮他就出发了。要是在生产队大帮哄[1]地干活，这一个鹿窖，怕是三天也挖不出来。而现在，他一天就挖了一个。

于树生心里明白，生产队这样特殊待他，现在这些都是他自己的活，早点挖好鹿窖，早些窖到活鹿，一头鹿还要加五个工哪。

---

①大帮哄：东北方言，指农村生产队时期，生产队组织社员集体干活。

摔死母鹿

十天过去，整整十个鹿窖就挖好了。于树生选了一处朝阳避风的地方，搭好窝棚，在山上住了下来。他采取的窖鹿方法是“等窖”。

鹿都是在早晚出来觅食。于树生每天在窝棚里早睡晚起，是怕自己惊动了那些小心翼翼的鹿。

太阳一落山，林子里就呈现出另一种静谧的景象。大多数鸟儿都进窝了，只有林鸮在阴森森地一声一声鸣叫。白天草棵上、树叶间，在斑驳的阳光里翩翩起舞的蝴蝶不见了，萤火虫打着小灯笼，在草丛间寻寻觅觅。

于树生自然不会躺下来就睡着。他透过窝棚草顶的缝隙，感受钻进来的一缕柔细的月光；他听着窝棚脚下的草丛中，蟋蟀在缠绵地唱歌。

他想，此时，也许正有一只公鹿，或是一只母鹿，小心地迈着步子，穿过密林，往这儿走来……

他每晚都是在这样一种温馨和安静中，在美丽的梦幻里，不知不觉睡去。等太阳高高地照耀在树顶，他再依次去查看鹿窖。

虽然山上吃住条件比家里艰苦一些，却不用费体力。对于他来说，山里这日子还是挺好的，他已经很适应了。

每天走走看看，一个满分的工就到手了。说不定哪天，就会窖到一头鹿，这又是五个工。他想想心里觉得美，生活的苦也就不算什么了。

他把鹿窖依次排了号。这天溜到七号窖，他远远地看见窖盖塌了下去。

“窖到鹿啦——”

他欣喜地跑上前。果然，鹿窖里有鹿！

于树生蹲在鹿窖边，往里看。这是一头母鹿。咦，它怎么不挣扎，一动不动的哪？再仔细看了一会儿，不好，这母鹿可能是死了，它趴在坑底，脖子窝在坑壁上，一直不动。于树生折了根长树枝，捅了捅母鹿，它依旧没有半点反应。原来是母鹿在掉下鹿窖时，脖子窝在坑壁上，窒息而死。

如果是活鹿，于树生得到山下找几个人来，才能把它捉住、拉走。现在是一头死鹿，于树生决定自己找绳子绑好，拽上来。

当他把死鹿送下山，交给生产队时，年轻的队长一脸阴云：“大叔，您咋窖的鹿呀？咱们要的是活鹿，不是死鹿。要死鹿，我还用出那么高的工分，请您老人家出山吗？”

于树生也觉得不好意思，窖到第一头就是死鹿，他觉得好没面子。

“大侄子，你放心，绝对不会有下次了。我窖了半辈子鹿，这还是头一次。”

“大叔，我可不能再要死鹿了。咱爷儿俩丑话说在前面，您窖到活鹿，五个工一个不少您的。如果再把窖到的活鹿弄成死鹿给我，那我不能客气了，一头死鹿扣三个工！”

于树生心里“咯噔”一下，却也只能低下头，答应了。

八头鹿

于树生是相信自己的。他心里清楚，这次落入鹿窖的母鹿窒息而死，只是一个偶然。

他回到山上，又仔细地查看了一遍他挖的鹿窖，在鹿窖的草皮上，再次撒了一些鹿喜欢吃的盐。他知道，一定会有一头又一头的鹿，落入他设下的鹿窖陷阱。

果然，一切都在他的掌控之中。

就在第二天上午，他刚查看到三号窖，远远地就听见前面传过来一阵“扑通”声。他听出那声音有些沉闷，是来自树棵深处。于树生一阵惊喜，心想，大概是这里窖到鹿啦！

他快步跑到跟前一看，窖里果然掉进去一头鹿。这家伙可是活蹦乱跳的，见上面有人来，挣扎得更起劲了，两只前蹄扒着坑壁，两条后腿使劲蹬着，拼命地往上蹿。

“不管它，反正它跑不了。”于树生继续往下查看。

在九号窖，嗬，又窖到了一头鹿。他不能耽搁，匆匆下山找人来把鹿窖中的鹿早点弄出来。

队长一听这次窖到了两头活鹿，高兴得大嘴咧成了一朵花。他带着人，赶着车，拉着事先准备好的笼子，上山来抓鹿。

从鹿窖里把鹿拽上来，也是个很讲究的活，一个人是做不了的。得把绳子系好一个活套，扔到鹿窖坑底，瞅准慌乱中的鹿把蹄子踩进活套后，赶紧一拽，就绑住它的一只蹄子了。依次这样套下去，最后把鹿的四只蹄子都绑住，人们就能往上拽了。

没过几天，于树生又接连窖到了六头鹿。

队长带着大伙儿连续几次往山上跑，就跟办喜事一般，乐得合不拢嘴。他一个劲儿冲着于树生竖起大拇指：

“大叔，真厉害，连着窖了八头鹿呀，这可是吉利数！五八就是四十，我不能给您就加四十个工。四不好，四加二，给您算六十个工！”

“谢谢大侄子，我一定好好看着，给咱们生产队多窖些鹿！”

鹿死谁之过

又是半个多月过去，每一个鹿窖都没有一丝动静。

于树生每天来查看它们，它们睁着空洞的“大眼睛”，好像在沉睡，窖鹿似乎跟它们没有一点儿关系。老谋深算的于树生并不着急，他相信不久之后，鹿还会来的。

这天傍晚下起了雨，开始还是淅淅沥沥的小雨。等到夜里，雨点敲打树叶，如同鼓声一片。雨点声敲打得越来越急，满山响成了一片，如同厮杀的战场。即使是习惯山上夜宿的于树生，也被吵得早早就醒了。

天渐渐亮了，雨反而下得更大起来。这哪里是下雨，分明是老天在从天上往下泼水。远处响起了“轰隆隆”的声音，他知道那是山溪已经变成了山洪。

雨下得这么大，而且是从昨晚就开始下的。于树生想，鹿不会出来觅食了，就躺在窝棚里，不再冒雨出去查看了。

中午，雨停了，太阳笑眯眯地挂在天空。但山洪的轰鸣声，依旧像野兽般嘶吼着。

虽然这时出去，碰到树枝、草棵，会弄得一身雨水，但这些日子以来，于树生心情一直很好。他在窝棚里待不住，就准备出去转转。管他有没有可能，依次去查看鹿窖要紧。

刚到了一号鹿窖跟前，他一下子愣住了：山洪已经灌满了鹿窖，混浊的水此时正往外流淌着。

让他想不到的是，水面上漂浮着一头死鹿！这鹿一定是昨天傍晚雨小的时候出来，掉进了鹿窖，一夜又加上一上午的雨水浸泡，鹿的肚子已经胀得如一面鼓。

于树生心疼得一下子蹲在地上，半天缓不过气来。

他继续去查看二号鹿窖。万万没想到，二号鹿窖跟一号鹿窖竟是一样的——积满鹿窖的雨水正往外淌着，水面上同样漂着一头肚子鼓胀的死鹿。

我的天哪！

于树生冲过去，伸手去捞那头死鹿，期待可以把它救活。幸好他一下滑倒在坑边，不然，他也许也会掉进鹿窖的深水中，跟鹿一样淹死。

接下来逐个查看，三号鹿窖虽然也照样灌满了雨水，但没有窖到鹿。于树生松了口气。四号、五号也是这样，可是六号鹿窖，有死鹿。七、八、九、十号鹿窖，个个都有！

“老天爷，昨天这是咋的啦？这些鹿早不来，晚不来，偏偏赶在昨天下大雨的时候扎堆来。

“老天爷呀，你这场雨不仅是要了鹿的命，更是要了我的命呀！”

不再窖鹿

于树生跌跌撞撞地跑下了山。看到他气喘吁吁、脸色苍白的样子，生产队长也吓了一跳。

等他把山上窖鹿发生的情况告诉队长时，队长的脸比他的脸还难看。

一帮人到了山上，大家忙着打捞鹿窖里淹死的鹿。平时开朗爱说笑的年轻队长，一个劲儿地唉声叹气。于树生也不帮着打捞，站在旁边，眼泪都快掉下来了。

只有个别没心没肺的人念叨着:“你们难受个啥，这鹿也没白瞎，咱们这回不是有肉吃了。”

队长冲着他一顿臭骂，他顿时哑巴了。

七头死鹿都打捞完了，大家要走的时候，于树生扯住队长，哽咽着：“大侄子，这事都怪大叔，没有及时去查看鹿窖，害死了这么多鹿呀。”

“大叔，谁也不会想到山上冲下来的洪水会灌满了鹿窖。这件事不怪您，死鹿扣工的事我是当着大家面说的，就不能不办，不按七头死鹿扣工，就按一半，扣三头的工吧。”

“大侄子，你就扣吧，把上次我窖到的八头活鹿加的工全扣了，我也不心疼。我心疼这七头被我害死的鹿啊！”

“大叔，这鹿怎么是您害死的哪，您还是安心看鹿窖吧。”

等队长带人下山走了，于树生回到窝棚躺下来，在床上翻来覆去。突然，他一骨碌爬起来，拿起铁锹，又来到鹿窖前。

他开始填平这些鹿窖，填了一个又一个。填平最后一个鹿窖时，他已经累得大汗淋漓。

他瘫坐在落叶铺就的湿淋淋的草地上，望着原先挖鹿窖的地方，大体上已经恢复了原样，这才轻松地喘了口气。记得刚挖鹿窖时，每挖好一个，他瞅着那黑黝黝的大坑，总有一种心满意足的感觉。此时他脑海里再次重现那情景，觉得那一个个大坑，就像一张张大嘴，在吞没那些活蹦乱跳的鹿的同时，也正咬向他。

想到这里，他一激灵，本来身上已经消汗了，现在又是一身冷汗。他回到窝棚，匆匆收拾一下，就下山了。

晚上他到了队长家。

“大叔，您咋不在山上，回来干吗？”

“大侄子，我说啥也不能再干了。我回到窝棚里，一躺下，眼前就是那几头漂在水面，肚子胀得像鼓一样的死鹿。大叔只有回来才静心。我不会再窖鹿，更不能再害鹿了……”

饥寒交迫的东北虎

东北虎处于食物链的顶端，野猪、鹿、狍子等有蹄类动物的种群数量直接影响东北虎的生存状况。

一般情况下，一只成年东北虎每年吃掉的野猪、狍子等动物为 40 至 60 头，每天食用约 10 千克的肉，也可以一次吃掉 30 千克的肉，饱食后数日不食。

据考察，在一只东北虎的生活领地内，有不少于 150 头的野猪和 180 头的鹿，其活动范围为 300 至 400 平方千米。东北虎捕食的成功率比较低，一般捕食 15 至 20 次，成功的仅有 3 次。

历史上，由于人们对各种野生动物的疯狂猎杀，使物种数量日益减少，严重地破坏了生态平衡，东北虎的口粮变得越来越少。到二十世纪九十年代，这威风凛凛的百兽之王已饥寒交迫，几近灭绝了。

第二章

领地入侵

“爷爷，谁敢入侵老虎的领地呀？”

“是人强占了东北虎的领地。”

“人？”

“孩子，东北虎在哪里生活？”

“在东北的山林里。”

“人总是贪得无厌地向荒山进军——进山伐木，在山里建林场；把山野开成耕地，设村屯；不断地开矿山、修公路；还有放牧、养殖……东北虎已经没有多少能待的地方了。”

林班虎影

牛马不前

新开发的27林班[1]的木材，就是好。

这里的云杉、冷杉和红杉，笔直挺拔，胸径在一百四五十厘米的比比皆是。一棵挨一棵的参天大树，雄姿英发地站在那里，甚至让人们有点不忍心去伐倒它们。这儿更有几个人都抱不过来的巨树。还有核桃楸、黄菠萝这样的珍贵树种。就是夹杂其间的桦树和大青杨、山榆树，也比其他地方的材质好。

①林班：在林场的范围内，为便于森林资源统计和经营管理，会将林地划分为许多面积大小相对一致的基本单位。在开展森林经营活动和生产管理时，大多以林班为单位。

平时在一个采伐点，再能干的，一人一天也就采伐一百多立方。可是这第一天，林大海带领的伙伴，每人都采伐了二百多立方。

林中的雪地上，顺山倒[①]躺着一棵棵伐好的红松、云杉和冷杉。昨天已经捎信下去，让集材的人赶紧上来，把伐好的树木拖到山下的集材场，怎么今天都大半晌了，日头已经跑到林梢明亮亮地照着，阳光在雪地上跳跃，却还不见倒套子[②]的人来。林大海等急了，他撂下油锯，决定下山去看看。

有着厚厚积雪的森林很难走。脚总是先深深地踩下去，再使劲地拔出来，每迈出一步，都要费上些力气。雪在脚下惬意地发出“嘎吱嘎吱”的声音，而人却累得浑身冒汗。

林大海终于拐上了被山里运材汽车开拓出的山路。路上好走多了，他的步子快起来。刚走了一会儿，

---

①顺山倒：东北林区伐树的术语，伐树人怕树倒下时伤着人，就用这样的语言告诉路过的人树倒的方向，好让人躲避。树向山下倒叫顺山倒。

②倒套子：用牛马将在高山密林深处采伐的原木拉到易于机械运输的木材场。

就听前面传来一阵吆喝声。有人在前面的山路上，正拉着两头牛往山上走。

因森林经营强度不同，林班的平均面积不一，一般为50至200公顷。林班之间有林班线，林班线常以山脊、河流、沟谷、道路等自然地形为界。林班用号码或地名命名，在平面图上，以阿拉伯数字从西北向东南，从左到右，自上而下进行编号。

“这都啥时候了，牵着牲口才走到这儿，等到了山上都过了晌午饭了，能倒到山下几根木材呀！”林大海心里很不满意地嘟哝着。他越往前走，越觉得不对劲儿：怎么好像那人牵着牛不动地方，光站在那里吆喝？

林大海快跑几步，到了跟前。果然发现那人手里正扯着缰绳，在路上傻站着。

“喂——喂——你这是咋啦，在这里不动地方？”他冲着那人嚷。

那人听见林大海喊，转过脸来，满脸生气的样子。

“林班长，你说这牛气不气人，到了这里，说啥就是不往前走了，还浑身哆嗦，挺害怕似的。这周围啥也没有，它怕啥呀？”

听那人这么一说，林大海再一瞅两头牛，果真大大的眼睛里充满着恐惧，浑身不停地哆嗦。前蹄不停地刨着雪，任那人怎么用劲拽缰绳，就是不肯前进一步。

山林生活经验丰富的林大海，知道动物嗅觉灵敏。他想，它们一定是察觉到附近有让它们害怕的动物，才会吓成这个样子。林大海走过去，轻轻抚摸着牛，使它们安静下来。

附近有黑熊？不，它们早已经蹲仓①了。野猪？不对，那牛也不能吓得如此发抖。还会是什么？东北虎？对，一定是它！

林大海想起以前，有一次他从林班回林场，在山路上遇到附近村里老乡赶着牛车。老乡喊他坐上车歇一会儿。他坐在牛车上，跟老乡聊着聊着，突然，牛停下来，就是不走了。老乡无论怎么吆喝，甚至用鞭子抽它们，它们也不肯往前走，还一个劲儿往后退。老乡没法儿，就不再管它们，等了许久，牛才自己往前走了。

林大海觉得奇怪，问老乡这是咋回事儿，老乡

---

①蹲仓：熊钻入树洞、地穴中冬眠，俗称“蹲仓”。树洞冬眠叫“天仓”，挖地下洞穴冬眠叫“地仓”，钻入岩石的洞穴叫“岩仓”。

告诉他，刚才一定是附近有东北虎，早就听说这一带常有东北虎出没，一定是牛嗅到了东北虎的气味，才吓得不敢往前走的。

也许是东北虎走远了，也许是牛让林大海抚摸得不再害怕。那人吆喝了一声，两头牛终于离开山路，进山往林班方向进发了。

虎目闪烁

林班离林场约有二十多千米，林大海带领伐木的十几个人，吃住在临时搭的工棚里。为了在冬季顺利伐木，林场后勤施工队在秋天就把简易工棚给搭好了。工棚的墙是木刻楞的，房盖是桦树皮的。工棚屋里搭起一面大炕，炕的两头分别盘起两个灶。粗大的木柈子塞进灶坑，旺旺的火苗便直往大炕里蹿。

外面虽然寒风凛冽，工棚里却温暖如春。被大炕烙得浑身直冒汗，伐木工只穿着一件背心，趴在被窝里聊天。

工棚一角放着一只铁桶，有想解小手的，就往桶里尿。就是穿上棉衣，谁也不敢往外跑，天那可是嘎嘎地冷哟，一出去，准会冻成冰棍。

林大海不知怎么的,竟闹起肚子来。钻进被窝前,他在外面特意蹲了一会儿,就担心一会儿再往外跑。可是刚趴在被窝里想要睡去，肚子又绞着劲儿地疼起来。他只好穿上棉袄棉裤，戴上狗皮帽子，跑到外面去方便。

在工棚旁边的林子里，寒风能立刻把屁股冻木了。可是，林大海只能咬牙忍着，不多蹲一会儿，睡下又得爬起来。

突然，他感到头皮一阵发麻。是冻的吗？不对，怎么头皮上根根头发都立起来了？他本来就浑身打冷战，现在抖得更加厉害。他意识到这不是受凉造成的。好像有一股神奇的力量，把他捏成了一片颤抖的落叶一般。

林大海对面的林子里，突然闪出两盏绿莹莹的“灯”。他立刻感觉到这灯是一团有生命的火，灼得他浑身发抖；更是两把利剑，一下子把他刺穿了。

林大海现在特别怕,筛糠一样发抖。他被冻僵了,想走，走不了。而不远处那两盏“灯”，正一动不动地盯着他。

还是工棚里有人觉得不对劲儿，林大海出去方便，怎么这么久还不回来？有两个工友跑出来，把快冻僵的林大海拖进了工棚。等林大海暖和过来，第一句话就是：“外面有一只东北虎——”

吓跑女工

第二天上午，林大海刚伐完一棵大红松，就见有人气喘吁吁地跑过来。这是下山领人来给伐倒的木材打树杈子的小于。

“林班长，快去看看吧，那几个女工说啥也不走啦！”

“咋啦？”

“她们看到雪地上有虎的脚印，就害怕得不敢再往前走，说啥也要让我用车送她们下山。”

林大海这时马上想起，昨晚自己出去解手看到的情形。他心里暗暗嘀咕，看来这只东北虎这几天一直在这一带活动。他啥也没说，跟着那人就走。

走了不远，就见前面雪地里，站着几个戴着狗皮帽子，穿着棉大衣，手上戴着棉手闷子，捂得严严实实的人。如果不走近，完全看不出她们有几人。

这些女工正叽叽喳喳地议论着，一副惊慌失措的样子。一见林大海走过来，她们立刻七嘴八舌地嚷：“班长，快让小于送俺们下山回家，俺们可不能等着在这儿喂老虎！”

“天哪，太吓人啦！林班长，你快过来看，这虎脚印多大呀！”

一个女工指给林大海看，只见雪地上是一行清晰的梅花形足迹。

林大海用手摸了摸，足迹里的雪还有些松软，没有冻硬实。看来，是昨晚那只东北虎留下的，就是在工棚外，林中那双用灯一般的眼睛看着自己的那只东北虎。

他掏出卷尺仔细量了量，足印长十五厘米，宽十六厘米。看来，这只东北虎还真不小呀。

林大海沿着足迹走了一段。后面的那几个女工喊道：“喂，快回来，你干吗呀，要去喂老虎呀？”

“人家老虎不稀得吃你，你那么瘦，才多点肉？嘻嘻，知趣就回来吧——”

东北虎的足迹一直消失在林子深处。林大海掉头回来：“没事的，虎也是躲着人的。它就是路过这里，现在早跑远了。走吧，我们去打枝杈。”

那几个女工还是不肯往前走，哄着让那个小于把她们送回林场。

“那你们几个今天不就白跑一趟，钱也挣不着了？要不，我今天陪你们打枝杈，老虎来了让它先吃我！”小于急中生智地说。

这话管用，白跑一趟，少挣一天钱，哪个不觉得吃亏。有小于陪着，女工们胆子大了，一个个跟着上山来了。

之后，一连几天，大家再也没见到东北虎的足迹出现。渐渐地，原来雪地上那行足迹，也被新雪覆盖住了。

这天，林大海从正在打树杈的几个女工旁边路过。一个女工冲着他喊：“喂，林班长，你咋不叫老虎来吓俺们啊，真想找个借口不上山，在家歇几天！”

可不是吗，这些日子忙着伐木，人们早把前些天碰到东北虎的事忘到一边了。此刻，被这女工突然提起东北虎，大家才发现再没见到东北虎的足迹已经有好些日子了。

不知怎么的，林大海的心里倒觉得空落落的……

黄昏中的虎

初见东北虎

快中午时，七连的钟强强来到农场修配厂。

“强强——”这是一个熟悉的声音。他东瞅西瞧，一转头，嗬，喊他的正是他要找的老同学刘刚。

“干啥来了？现在春翻地，你这拖拉机手不正忙吗，怎么有闲工夫到我这里来溜达？”刘刚问。

“老同学，光听你说啦！”钟强强用他榔头一般的拳头杵了刘刚一下。

“快说吧，是不是你的‘铁马’出了毛病？要不是，你才不会来看我。”

“算你蒙对了，真的是那家伙出了毛病。”

“好的，你说说是哪儿出了问题，我带上家伙和零件，这就跟你去。”

“你自己去吧，今天恐怕修不完，我这几天起早贪黑地翻地，趁你修拖拉机的空儿，我好好睡一下午，把这几天的觉补一补。”

“成！”

急忙吃完中午饭，刘刚就按老同学钟强强说的，骑着摩托车，来到这个叫野猪沟的地方。

这里的山势比较平缓，一条山路旁边开出一大片耕地。地一半已经犁完，就等着播种了。

远处，一台红色的拖拉机待在地里，好像也累了，跟它的主人一样，要睡上一阵儿。刘刚来到拖拉机旁，拿起家什，修理了起来。

山野里静静的，跟在修配厂不同，没有人干扰，刘刚就格外出活儿。钟强强说，一下午肯定修不完，可是，当太阳在西边的林梢恋恋不舍地徘徊时，刘刚已经结束了“战斗”。

刘刚把东西收拾好，忙了一下午，他还没顾上歇口气。现在，他要歇上一会儿再走。

山野的空气清新得好像被清洗过，空气中似乎掺进了蜂蜜和酒，甜丝丝的，沁人心脾。你大口地呼吸，都会觉得不过瘾，整个人都轻松惬意，仿佛完全融化在山野中。西天的太阳脸儿是那样红红的，有一点儿羞答答，它慢腾腾地不想回家，把粉红色的余晖抹在树梢，像在给自己心爱的姑娘梳理秀发。

刘刚整天在修配厂的厂房里干活，很少到山里欣赏这般美景。此时此刻，他忘掉了一切，感觉自己已经是这林子的一部分了。

他正沉浸在这美景中时，突然，山路上走来一只动物，在水彩画一般的晚霞里，眼前的画面似乎有些朦胧而不真实。

他一愣，再仔细看去：天哪，那是一只老虎，一只威武雄壮、仪态万方的东北虎！

刘刚坐在地边，离山路还有一百来米的距离。也许是霞光晃着了虎眼，东北虎没有注意到拖拉机后面还坐着一个人；也许它根本就不在乎这里的人，山大王是在巡视自己的领地呢！

这边的刘刚如木雕一般一动不动地注视着东北虎，他完全被它矫健的雄姿震撼了。

那虎一步一步，不急不慌在山路上走着。刘刚目光呆呆地追随着东北虎，恍如梦境。许久，那只东北虎消失在山路的尽头。

等刘刚从梦中醒来，夕阳已经躲进山后，只留下山顶的万道霞光，天色很快就要暗下来。他站起身，双腿已经酥麻，他思忖着：刚才是真的吗，我真的看到一只东北虎在旁边的山路上走过？

期待再相会

晚上，刘刚来到老同学钟强强家。刘刚一开口，说的不是钟强强的拖拉机修好了，而是请老同学猜一猜，下午他看到啥啦。

钟强强一脸不屑："我哪知道你看到啥，这大山里啥稀奇的动植物没有，看到个啥让你大惊小怪的？"

"老同学，真值得大惊小怪。我看到东北虎啦！一只大大的老虎！"

钟强强的眼珠子都瞪大了："东北虎？那你咋还回来了？你没被它咬？"说完，他抱住刘刚两肩，上下打量老同学。

刘刚狠狠瞪了他一眼："你以为东北虎见人就吃啊！再说，我离它远着哪。"

"快跟我仔细说说，怎么回事。"

刘刚详细地叙述了他看到老虎的情景。听完，钟强强半天都没吱声。一直到钟强强击了刘刚一拳，刘刚才回过神来。

“要是当时拍下来，那看着就带劲儿啦！”

自从刘刚在野猪沟看到东北虎后，钟强强再去耕地，就总是期待着也能一睹山大王的尊容。可是，山大王一直让他失望。

第二年春天的某日，钟强强又来找刘刚。在新开垦一片耕地时，他的拖拉机又坏了。这次，他说啥也要自己用摩托带着刘刚去。

这回的毛病不大，一会儿就修好了。钟强强不肯马上送刘刚回去，留下他陪自己一下午。他说，刘刚跟老虎有缘，说不定这东北虎就等着跟刘刚见面哪。

两个人坐在地边，一边聊着，一边等东北虎现身。

聊了一会儿，刘刚实在忍耐不住了：“老同学，我去年看到东北虎，那纯属偶然。现在老虎是越来越少了。你看，这里原来是荒无人烟的林子，前几年在这里开垦了一大片地，今年把山路边剩下的这点地方也开垦成了耕地。林子已经被我们折腾得所剩无几了，老虎还待得下去吗？”

钟强强听了，望着山路两边一眼望不到头的耕地，再回头瞅瞅留下来的已经稀疏的林子，叹了口气："是的，咱们别等了，老虎不会再来了……"

面临窘境的东北虎

原始森林是东北虎繁衍生息的主要场地。东北虎需要借助浓密的灌木和林木作掩护，才能悄悄地靠近猎物，发动攻击。

古代，东北地区人烟稀少，森林茂密，是野生动物的天然乐园。

十九世纪末期以来，由于人类活动增多，采伐木材、劈山开矿、垦荒、修路、放牧养殖等经济活动频繁，致使森林植被不断减少，森林生态结构遭到破坏，适合东北虎栖息的区域越来越少，它们只能背井离乡。

现如今，因为环境的破坏使东北虎的分布区出现零星化、碎片化的状况短期内不能得到改善，东北虎的繁殖也因此受到了极大影响。近亲交配、遗传衰退等因素也使东北虎的种群数量下降，保护东北虎种群迫在眉睫。

闹心的除夕夜

发现蛤蟆沟

完达山的仲春，正是山里人采薇菜的好季节。

郑守恒恰是在采薇菜时，发现了这片被人叫作“蛤蟆沟”的山谷。他在谷中一条潺潺的山溪前，呆呆地站了好久。清亮亮的溪水中，许多林蛙在游动着。有的林蛙蹲在山溪中的石头上，有的林蛙从溪水中往溪边的草丛里爬。他顺手翻动溪水中的一块大石头，竟有几十只林蛙跑了出来。

这里真是林蛙的天堂哟！这里的林蛙不知道怕人，有几只跳到了郑守恒的面前，有一只甚至爬到了他的脚背上。

回到村里，郑守恒就去找村主任，说要承包那片山沟，养殖林蛙。村主任告诉他，这片林子不归村里管，那里是国有林区。

郑守恒又找到林场场长，场长是郑守恒的高中同学，他很爽快地就答应了。这倒不是徇私情，林业部门的政策是支持、鼓励林区附近的农民发展林下经济的。

蛤蟆沟这里离郑守恒住的村子有二十多千米。养殖林蛙必须日夜看守，防止有人来偷抓。于是，郑守恒和媳妇起早贪黑盖好房子后，就搬到山上来住。儿子正在上小学，他只好让住在镇上的爷爷奶奶照看。每到放寒暑假时，再把儿子接来住上一段时间。这是孩子最快乐的时光，也是一家人团聚的日子。

在山村里时，差不多家家都养狗。这次到山里来，郑守恒特意从亲戚家要来一条大狗。山上的野物多，没有狗看家护院，那可不行。

这是一条大狗，它的原主人叫它虎子。它一身黄灿灿的毛，像是阳光在它身上流淌。于是，一家人不约而同地给它起了个新名字——大黄。

大黄是条壮实又忠于职守的狗。它每天在家门前一站，威风凛凛，叫起来声音震得满山响，啥野物都得躲得远远的。郑守恒巡视林蛙养殖地段时，让大黄跟在他身后，它就安安静静地跟着；叫它留下来看家，它就乖乖地守在院子里。

十一岁的儿子小龙，跟大黄更是形影不离。郑守恒有时就逗儿子：“大黄年龄比你大，你得管它叫哥哥哟！”

小龙乐了，当真连声叫：“来呀，大黄哥！”大黄就跑过去，扑到小龙怀里，用嘴舔他的脸。

大黄的恐惧

快过年了，郑守恒和媳妇今天准备下山，去置办些年货。山上的棚屋里只留下儿子小龙和他的狗哥哥大黄。

临走时，父母嘱咐小龙要照顾好自己，注意安全，还一再问小龙怕不怕，小龙一边抚摸着身边的大黄，一边连连摆手：“你们快走吧，有我和大黄在，你们俩就是晚上不回来，我们也不怕。对吧，大黄？这山里的野物，哪个不怕大黄呀！”

大黄像是听懂了一般，起劲儿地摇晃着尾巴。

别看小龙才十一岁，父母把他带到山里历练，他早就像个小大人啦。

有一回，郑守恒要用斧子劈柴，却突然想起斧子落在山溪边林蛙养殖地了，刚要去取，小龙就抢着说：“爸爸，我去我去！”郑守恒说：“还是我自己去拿吧！”小龙就说：“爸爸，你不是说，你比我还小的时候，就常常一个人进山里打柴吗？你到那么远的深山里都行，我就到前边跑一趟，为啥不行？”

渐渐地，小龙敢单独在林子里玩，帮爸爸妈妈做点活儿了。

今天的天气真好，阳光洒在树干和树枝上，平时褐色的树干仿佛抹上了光滑的油彩。阳光洒在山林中的雪地上，雪则更洁白，更鲜亮了。

父母一走，小龙就带着大黄到沟底山溪那里去了。这可不是去溜达着玩儿。这就是为啥他们一家人冬天还住在气候严寒的山上的原因——要是不看着，有人来凿开冰冻的山溪，里面冬眠的大林蛙、小林蛙，就都老老实实被一锅端了。

小龙和大黄走到坡顶，下面就是一条蜿蜒的山溪，那里现在被冻结成一条冰河。突然，本来一直跑在前面的大黄，失魂落魄地跑了回来，躲在小龙的身后。

“咋啦，大黄？你发现什么了？咋吓成这样啊？”

大黄不会回答小龙的话，只是躲在小龙的身后，浑身哆嗦着，呜咽地叫。

小龙瞅着大黄吓成这个样子，也紧张起来。他心里没有底，不知大黄究竟发现了什么。他不想再往前走，准备带大黄回去。

小龙刚转身，见大黄已经撒腿往家的方向跑去，完全是急不可耐的狼狈相。小龙慌了，心里怦怦直跳，随后也追了上去。

小龙哪里跑得过大黄。等小龙到了家，一进院子，就发现大黄已经钻进房前的狗窝，趴在那里，还在哆嗦、呜咽着。小龙气得直跳脚，他拿棍子捅大黄，大黄还是直往狗窝里缩。

小龙进了屋，就再也没出来。大黄的惊慌失措让他增添了防备之心，父母不在家，谁也不清楚林子里有啥，还是躲在屋里安全些。

傍晚，父母回来了。小龙把白天去山溪时，大黄突然害怕的事，跟他们说了。郑守恒觉得挺奇怪，会是什么野物，让狗吓成这样哪？黑熊都冬眠了，难道是雪豹或东北虎？

郑守恒来到狗窝前，见到一脸沮丧的大黄。平时蛮威风的它，现在瞅见主人，却是可怜巴巴的眼神。

大黄遭袭

大年三十的晚上，郑守恒一家人正在忙着包饺子。

小龙问：“妈，等一会儿饺子煮好了，我把大黄叫进来一块儿吃吧？”

小龙妈妈笑嘻嘻地连连点头，郑守恒也在旁边打趣：“好呀，大黄可是咱们家的一员，当然要一起过年吃饺子喽！”

山林中的除夕夜，完全不同于山下村中的除夕夜。村子里，一家挨着一家，屋子靠着屋子，共享夜的寂静或是喧闹。

而这深山里就是林木森森的世界，无边无际的树木拥抱着这唯一的一栋小屋，夜风吹动林梢，发出的低吟，是大山为小屋哼唱的摇篮曲。风吹过林木，从树梢飘来寒夜的静寂；风掠过雪地，从雪被上轻扬起一片雪沙。

小屋里，饺子包好了，锅里的水也烧开了，正冒着热腾腾的水汽，妈妈开始煮饺子了。郑守恒一家人正在忙碌，忽听外面大黄一阵哀号，之后就再也没有了声息。

郑守恒觉得不对劲儿，赶紧跑出来一看——狗窝里空了！

狗呢？大黄哪儿去了？

屋里的灯光映照在院子里的雪地上，郑守恒借着光线，看见一行大碗般的梅花足印，清晰地留在那里。

“不好，是东北虎把狗叼走啦！”郑守恒大声喊道。

儿子小龙这时也跑出来：“爸爸，怎么啦？”

“可能有虎，把大黄叼走了……”

“我的大黄，还我的大黄！”小龙哭喊着，要往外追。

黑暗中，郑守恒一把拽住儿子：“不能追，你不要命了呀！”

煮好的饺子谁都没吃几个。这一夜，一家三口都没睡好。

天一亮，他们就爬起来，顺着雪地上留下的虎脚印，开始寻找线索。虎脚印旁边有拖拽的狗的痕迹，印迹出了院子，向前一直穿过一条山溪，来到对面山坡一片针阔叶混交林中。

这里的雪地上呈现出一大摊血迹，还有虎卧下来的雪窝子。在雪地上，郑守恒找到了一截狗骨头。

东北虎把大黄叼到这里，已经吃掉了。

郑守恒愣在那里，浑身发抖。旁边的儿子小龙早已泣不成声。

事后，当地的报纸刊发了这条消息，标题是：“年三十东北虎下山，大黄狗沦为盘中餐！”

虎口夺牛

放牧山林

山中的草场越来越少。低洼一些的，被人们开垦成了水田；有点坡度的，被犁出一块块平地做了旱田。养牛、养羊后，可放牧的草场都快找不到了。

那些夹在耕地之间狭窄的草甸子，是容不下几只牛羊的。时间不长，吃光了嫩草的牛羊便会跑到旁边的地里吃庄稼。山里人便为养牛、养羊犯起愁来。

不久，有人就看出了门道。当人们驱赶吃庄稼的牛羊时，草甸已经无法容得下，只能把它们赶进地旁边的山里，啃食山林植物了。

人们发现，牛羊在山里待得倒挺自在舒服。山里有吃不尽的树叶，还有野花和野草。牛羊吃饱后，惬意地躲在树荫下歇息。

山连着山，林子连着林子，牛羊再不会跑进地里吃庄稼了。于是，人们开始大规模在山林里放牧。

离村屯较近的浅山区，最先成了牧场。然而很快，附近的山区资源已经满足不了快速发展的畜牧业，人们便向原先人迹罕至的深山扩张领地。

眼下，只要你走进山区，随处可见简易的牛圈围栏。山谷里的每一条山溪，都成了牛羊的饮水处。原来清水潺潺的山溪，被踩踏成了肮脏的泥水沟。

由青草、落叶铺就的山坡已经不复存在。草被吃光后，落叶被雨水冲走，树下裸露出泥泞的土壤，牛羊在土壤上踩踏出一行行足印。

但是，那时的人们并不在意环境的恶化。山中放牧不仅可以增加经济收入，而且不操心、不费力。清晨打开围栏，把牛羊往山里一赶，随它们去吃；等晚上回来，把牛羊归拢进围栏，就可以回家安心睡大觉了。

看着一天天长大的牛羊，人们又怎么会意识到，人对自然的破坏，已经拉开了序幕呢？

抓伤小牛

黄昏时分，吴顺要去山上，往牛栏里圈牛。圈完牛，他一清点，发现少了一头母牛，还有它春天生的那头小牛。

牛在山上，有时走得远了，一夜不回来也是常事。第二天，它们会一边吃嫩叶，一边找到属于它们的牛群。吴顺没有太在意，关好牛栏就下山了。

第二天清晨，吴顺来到山上牛栏边，放牛出去。离牛栏挺远，他一眼就看到那只小牛犊，正站在牛栏边。这小家伙，不知啥时自己跑回来了。它的妈妈，那头母牛怎么没回来哪？吴顺想。

到了跟前，吴顺才看到小牛身上不知怎的，多处被抓伤了。它瞪着悲伤的大眼睛，一副惊慌、胆怯的样子。

吴顺轻轻抚摸着小牛，它的身上还有渗血的伤口，小牛疼得哆嗦着，还没有从恐惧中走出来。

它昨晚遇到什么野兽了？是黑熊、狼，还是猞猁？或者都不是？

单从小牛身上血淋淋的抓痕，吴顺还无法断定。

寻找母牛

牛羊在草甸子里，从远处一眼就能望到。但在山林中寻找牲畜，可真是大海捞针，常常是牛羊近在咫尺，因为有茂密的树叶遮挡，你根本就看不清、也看不到。

一头牛就值一万多块钱，这头母牛还能生小牛，真要丢了，那损失就大了。吴顺返回村里，找了几个人，一起上山去找丢失的母牛。

大家穿山越岭，大海捞针一般找啊找，终于在一处平缓的山坡上，找到了一些被野兽吃剩下的牛骨头。他们在四周仔细观察，发现山谷中潮湿的泥地上，有几枚梅花状的足印。

“看样子，像是东北虎。”大家猜测着。

回到村子里，吴顺找到林业局野生动植物保护科的同志，详细地汇报了母牛被野兽吃掉的情况。

第二天，他带着野生动植物保护科的同志，来到有母牛残骨的地方。野生动植物保护科的同志辨认了泥地上的足迹，确定是东北虎留下的。他们量了量，足迹长十二厘米、宽十三厘米，可能是一只雌性虎，体重大约二百千克。

保护科的同志提醒吴顺：“东北虎这次吃到母

牛，尝到了甜头，过几天可能还会来。一定要看好牛群，别让牛往深山里走太远。”

吴顺一听为了难。咋看呀，如果老虎来了，光靠他吆喝吗？

野生动植物保护科的同志说，他们可以帮吴顺到森林派出所申请要一杆猎枪，防卫几天，但要保证绝对不能向老虎开枪，只可朝天鸣枪，吓跑老虎。

公牛斗虎

山林中的牛都散放惯了。当你打开牛栏，不管是大牛还是小牛，只要钻进密密的林子，就像鱼游入大海一样惬意。森林里永远有吃不完的绿叶和嫩草，更让牛喜欢的是，有浓密的树枝树叶的遮挡，可以防止牛虻和蚊虫的叮咬。在草甸子里，牛只有靠一根尾巴甩来甩去，驱赶牛虻和蚊虫，但身上有许多地方，牛尾巴是够不到的。而在树林子里走，密密的枝叶轻柔地划过它的身子，讨厌的牛虻和蚊虫自然就被摩擦掉了。还有一点好处是不被烈日暴晒。林子里到处都荫凉，在树荫下吃也好，反刍也好，比在草甸子里舒服多了。

吴顺为了不让牛走远，把牛圈在牛栏附近的一片山坡上。但人怎么看得住散放惯的牛呀，它们一边吃草和树叶，一边钻来钻去，看住了这头，那头早已没了踪影。唉，总不能把每一头牛都拴在自己腰上吧！

最终，吴顺只好任由牛顺着山坡一路吃着，他背着猎枪在附近走来走去。

一连几天过去了，没有任何动静。

这天上午，吴顺带着牛在附近的林中转悠。这几天跟下来，他早就腻烦这种战战兢兢中又有些无聊的生活了，便拣了一块有干燥落叶的地方，靠在树根下打盹。结果，他真的睡着了。不知过了多久，他突然醒了，听到不远处牛急促地打着响鼻，传出愤怒的叫声。

直觉让吴顺感到，出事了。他立刻从地上站起来，一把抓起猎枪，朝牛叫的方向跑去。钻出一片密密的阔叶林，前面低洼处长满了山柳树和山榆树。

东北虎怎么知道牛喜欢吃这两种树叶呢？难道它早就埋伏在这里，单等牛送上门来？

没想到这次遭到袭击的是一头体格强壮的公牛。当那只东北虎匍匐着悄悄向公牛靠近时，这头公牛也发觉了。它没有吓得扬起四蹄逃走，却将挺立着的两把剑一般的利角，迎向东北虎。

不可一世的山大王哪里会被一头牛吓住，它猛地跳起，扑向公牛。

东北虎捕获猎物是先用它巨大的爪子扑打。它一掌打去，公牛用坚硬的角挡住了东北虎的爪子。

公牛被打倒了，但它只是脖子被抓伤。它蹬着前蹄爬起来，又一次低下头，把两只牛角顶向东北虎。

在这片森林里，山大王还没见到过一种动物敢向自己发起进攻。东北虎咆哮着，跳起来，准备再次扑向公牛。

这时，吴顺到了，但他哪里敢冲到近前。他远远地大喊一声，朝头顶上方开了枪。枪声一响，那只东北虎立刻转身，朝密林深处跑去。

吴顺见东北虎消失在密林中，已不见踪影，这才过去查看公牛的情况。公牛还在喘息着，脖颈处被虎爪抓伤多处。

老虎被吓跑了，牛保住了。吴顺十分担心那只东北虎会再来，更加小心地看管牛群。

一个多月过去，东北虎没有再光顾。邻近的一个养牛场却传来牛被咬死的消息。看来，这只东北虎是转移战场了。

东北林区惨遭破坏

东北地区拥有我国十分重要的天然林区，现有林地面积三千五百多万公顷，森林总蓄积量为二十九亿立方米，占全国林木总蓄积量的45.8%；森林覆盖率为36%，是全国平均森林覆盖率的三倍。

东北地区丰富的森林资源一直保持到近代大开发前，这与古代东北先民以游牧渔猎为主的生产生活方式有着密切的关系。人们长期处于“无市井城郭，逐水为居，以射猎为业”的状态，农田的垦殖和森林的开采规模较小，对森林生态的破坏不大。游牧、渔猎民族由于对自然的依赖性较强，因而也比较注重对环境的保护。

一八四〇年鸦片战争以后，沙俄通过疯狂侵略，强迫中国签订了一系列不平等条约。根据《中俄密约》第四条，光绪二十二年（1896），沙俄与清政府订立了“合办东省铁路公司合同章程”，达到了“借地修路”的目的，在我国东北修建了“东省铁路”。

这条“东省铁路”又称“中东铁路”，是一条西起满洲里，东至绥芬河，经哈尔滨，南至大连的交通大动脉。铁路西部是大兴安岭的森林地带，东部是松花江、牡丹江流域的密林，南部是四合川拉林河流域的森林。这条铁路最初是一条运输木材的专用铁路，也是沙俄掠夺东北森林资源的主要干线。

由于沙俄的掠夺性采伐，“东省铁路”两侧二三十千米内的森林不久就被砍伐殆尽。此外，俄国人还在漫长的边境地带（沿额尔古纳河、黑龙江、乌苏里江流域沿岸靠中国一侧）以及内河上游地区盗伐木材。在沙俄的掠夺性采伐下，东北森林资源遭到严重破坏。据珠河县志记载，珠河境内遍地森林，自俄国人敷设铁路后，所有成材木品砍伐净尽。

一九三一年“九一八”事变后，东北全境的森林资源被攫入日本人手中。据统计，日本帝国主义侵占东北三省的十四年间（1931—1945），利用“拔大毛”的采伐方式，日本侵略者掠夺大、小兴安岭及长白山林区的优质木材竟达上亿立方米，破坏森林面积达六百万公顷。

此外，日本侵略者为了免遭抗日联军的袭击，在铁路、公路，尤其是在林区及林区附近的道路两侧，实行了一二百米宽的“清扫采伐”，即彻底的“带状皆伐”，使东北地区森林面积减少 18%，森林蓄积量减少 14.3%。到新中国成立时，东北林区以红松为主的天然林已变成质量低劣的天然次生林。

第三章

人虎相逢

“孩子，你想听爷爷给你讲人虎相逢的故事吗？”

“哇，爷爷，想听，太想听了！”

“爷爷告诉你，其实啊，人是很难看到野生东北虎的。东北虎濒临灭绝，珍贵又稀少，但人类一再侵犯东北虎的领地，它们常常是在无路可走的情况下，跟人类狭路相逢的。”

“那，人遇上了东北虎可咋办呀？”

“孩子，通常成年虎不会主动伤人。只要你别做出让它误以为是威胁它的举动，人虎就相安无事，东北虎会慢慢离去。但也有例外，年老体弱、无法捕猎的虎有可能主动伤人，被人伤害过的虎，也可能报复伤人。所以，东北虎通常遵循一个原则：人不犯我，我不犯人；人若犯我，我必犯人。”

老虎进村啦

乡间遇虎

这次人虎相逢的事件，发生在二〇二一年四月。黑龙江的春天总是姗姗来迟。四月里的清晨，天空还飘舞着轻盈的雪花。在密山白泡子村外，一大片去年秋季收割的苞米地上，一行行老苞米根茬子还没有刨掉。黑土地在料峭的春风中静静地等待着人们的耕种。勤劳的农民已经出来干活了。

地这头有一位农民，他正弯腰做着农活，偶然间抬头一望，只见远处对面的地里有一只动物在行走。农民再一看，咦，怎么像是一只老虎？不会是看错了吧？他揉揉眼睛，哇，真的是一只成年东北虎！

这虎迈着四方步，姿态威武，真不愧是山大王，完全一副王者出巡的派头。走了没多久，它开始小步跑起来。不好！在东北虎前方的地里有人正低头干农活，他就是村民宋振昌。

那农民原来急着想喊，让宋振昌快躲开。可是，他再一想，没敢喊出声。

农民一是怕激怒东北虎，会有更危险的情况出现；二是因为距离太远，就算喊，宋振昌也不一定听见。

东北虎越跑越快，已经到了宋振昌的跟前。这时，宋振昌才直起腰来。就在他看到东北虎的一瞬间，虎直接扑了上去。宋振昌被东北虎扑倒了！

远处看见的那个农民想：这下完啦！但是，东北虎并没有停留，也不理睬倒在地上的人，继续往前跑去。

这时，地旁的公路上驶来一辆小汽车。司机和乘客是两位女性，她们已经看到了正朝她们跑过来的东北虎。两个人慌了，想躲吧，旁边是一马平川的庄稼地，已经无处躲藏。

开车的女司机将车速放慢了，女乘客跳下车：“姐，你快跑啊——”可是，女司机没按女乘客说的话去做，而是继续开车，脚踩油门，朝迎面跑来的东北虎驶去——她想把老虎引开。

就在小汽车跟东北虎相撞的一刹那，老虎一跃而起，挥起一掌，把挡风玻璃拍得粉碎，然后朝村子的方向跑去。

见虎跑了，目睹事件的农民们赶紧报了警。当地派出所民警跟林业局相关人员很快赶到现场，疏散了村民。

这次东北虎进村没有造成人员伤亡，也是不幸中的万幸了。

虎栖村庄

一大早，白泡子村农民张守志就起来干活了。

突然，他听到房头的墙根处，传来振聋发聩的、瘆人的“啊呜”声。张守志扭头一看，在自家房子与一旁废弃的旧房子的空隙地带，蒿草丛里卧着一个黄乎乎的大家伙。

张守志定睛一看，可不得了，是一只东北虎！它趴在那里，透过草棵，大眼睛闪着光，既没有发威，也没有要跳出来咬人的样子。这真的是凶猛的东北虎吗？此时的它，倒像一只乖巧的大猫。

张守志赶紧跑出来，告诉街上的邻居。邻居们悄悄凑过来，远远地看，谁都没敢惊动东北虎。东北虎仍旧趴在那里不动，好像这里就是它的家，完全没有要离开的意思。几个人商量着，赶紧给派出所打电话吧，如果一会儿知道的人多了，真惊扰了东北虎，那可就糟啦。

很快，当地派出所的人来了，负责这一带野生动植物保护的保护区工作人员也来了。张守志家屋檐下趴着一只东北虎的消息，立刻在小村庄里传遍了。

警察和保护区工作人员一边疏散来围观的群众，一边联系相关部门，要来了麻醉枪。

那是一杆像猎枪一样的东西，前面枪口的子弹则是一支麻醉飞镖。有经验的工作人员轻手轻脚地往东北虎趴着的墙根前凑，等到距离可以了，只听“啪”的一声，麻醉飞镖射出，精准地扎在那东北虎身上。

东北虎并没感觉到怎么疼痛，微微抽动了一下肢体后，继续趴着不动。大家耐心等着，过了一会儿，东北虎好像开始犯困，麻醉药起作用了！

这只被麻醉后的东北虎被人们送往黑龙江横道河子东北虎林园。在接受了一段时间的观察后，这只进村小憩的东北虎，终于又被放归了山林。

生态环境改善后，野生动物怎么保护

有关专家介绍：故事中入村的是一只两三岁大的亚成体雄虎。处于该年龄段的东北虎，自身的捕食技能、躲避危险和辨识方向等能力均未达到成年虎的水平，但活动范围却比成年虎更大。因为亚成体雄虎刚刚离开母虎独立生活，正在探索新的栖息环境，寻找适宜的栖息地，建立自己的领地。从它在农田里扑倒村民，后来进村藏匿等情况可以判断，它可能是在附近森林活动时迷路了，才会误闯进村庄。

据东北林业大学教授姜广顺介绍，从二〇〇〇年以来，黑龙江省植被生态质量持续好转，近五年，我国已监测到东北虎繁殖的幼崽近二十只。这只亚成体雄虎的发现，也是野生虎种群自然扩散的结果。

不过，野生虎种群的扩散也带来了新的问题。人虎遭遇频繁发生前，人们目击野生东北虎出没的区域相对集中，主要分布在其迁徙的重要廊道区域周围。人虎相遇频繁发生后，工作人员要深入村屯进行宣教活动，做到动物保护和防范意识两手抓。比如故事中，很多村民觉得稀奇，甚至前去围观，这是十分危险的。

东北虎在扩张领地、追踪猎物种群及寻找配偶的过程中，会沿着条件适宜的生态廊道迁徙，栖息地板块之间的隔离，会给它们的迁徙带来困难。只有建造和修复东北虎迁徙的生态廊道，将其栖息地板块连成一线，才能助力种群的迁徙和繁衍，减少人虎冲突的可能。

所以，专家建议：偏远地区野生动物突发事件的快速响应和应急管理机制应加快建立和完善。公安、动物保护、林业等部门应形成跨界、跨域联动机制，统筹形成应急预案，确保封锁第一时间完成、救援第一时间抵达。针对虎豹出没地区，可以网格化配备巡护、救援人员，以免突发事件发生后，从较远的区域调拨专业人员，贻误了救护时机。

《中华人民共和国野生动物保护法》规定：“因保护本法规定保护的野生动物造成人员伤亡、农作物或者其他财产损失的，由当地人民政府给予补偿。具体办法由省、自治区、直辖市人民政府制定。”“也可以探索商业保险解决野生动物损害补偿的新途径、新方法，建立对野生动物造成的损害进行补偿的长效机制。”

与虎相遇

雪后偷猎

在东北的冬季，山里会形成一种特有的小气候。平时若下雪，山里下的雪总要比山下平原地区大许多。在山下平原地区不下雪的时候，山上也差不多每天都要飘落一层小雪。因此，老人们会用一句话总结这种现象——山里雪大。

二〇〇二年入冬以来，雪一场比一场大，接连的降雪使地面的积雪达一米多厚。大雪给一些工作造成了障碍，一些人上不了班，待在家里，眼瞅着活干不了，愁眉不展。

二道沟村赵喜子却没事偷着乐，他心底的欲望开始蠢蠢欲动。赵喜子家世代打猎，早年未曾全面禁猎，到了冬天，只要一下大雪，他们就上山逮狍子，以此来改善生计。等到了赵喜子这儿，国家开始全面禁猎，猎枪都上交了。村子里没有再惦记着打猎的人。

偏偏这赵喜子心术不正，他不去想着正事，每年都偷偷上山下套子，不是逮着了鹿，就是套着了狍子。那些野生动物没少让他祸害。

这几天，看着雪越下越大，山上的雪愈积愈厚，赵喜子觉得机会来了。他连忙了几天，悄悄制好滑雪板，然后找到好朋友钟石贵，说出了打猎的计划，两人臭味相投、一拍即合。

第二天，两个人早早就从村子里溜出来，来到山上。刚转了两座山坡，就见前面雪地里陷着一头马鹿，正扑腾着，费劲地一步一步往前挪。

两人高兴地奔过去，一人狠狠一棒子，就把可怜的马鹿撂倒了。

他们把马鹿分解后，装在背包里。他们清楚，陷进雪地里的狍子、马鹿还会有很多，但背包已经装满，他们不敢弄得太多，担心进村会被人发现、举报，那可就麻烦啦。

时间还没到中午，两个人却只能怏怏地往回走去。

被虎拦截

两个偷猎者边走边调侃，虽然不比过去能尽兴打狍子，但这么快背包里就装满新鲜的马鹿肉，他们心里还是挺美的。

翻过山坡，远远望去，村子就在山脚。这里离家只有三千来米，一个多小时就能到家，晚上就有香喷喷的鹿肉吃了。山坡上出现一条被人踏出来的雪路。两个偷猎者摘下脚上的滑雪板，大步往山下走。

突然，两人觉得有点不对劲儿，一阵寒风吹来，他俩头皮发紧，浑身汗毛直立。具有狩猎经验的赵喜子紧张地回过头，叫了声："不好——"只见一只东北虎从旁边一处五十多米高的陡坡上飞扑过来。眨眼间，那血盆大口就已逼近赵喜子眼前。

赵喜子"哇"的一声，本能地蹲下，伸出右臂挡住老虎的巨口，来保护自己。可不曾想，东北虎一口咬住了他的右臂，虎头一扭，把他扔出二十来米远。东北虎随即又扑过去，骑在了赵喜子身上。

旁边的钟石贵见老虎扑倒了赵喜子，正趴在同伴身上要下口。他手上没有别的武器，只有一副滑雪板，就抡起滑雪板，朝老虎猛拍过去。老虎扭过头，冲着钟石贵张开大口，一声怒吼。

钟石贵哪里经历过这种情景，顿时吓蒙了，丢下滑雪板，只管逃跑。

他跌跌撞撞，竟朝村子相反的方向一气跑了六七千米，那里有一个部队驻地。等他跑到部队驻地附近，连吓带累，一头扎进雪堆里，昏迷不醒。直到被部队战士发现救起，到第二天他还哆哆嗦嗦，嘴里念叨着“虎，虎——”不敢出门。部队上只好派了两名战士，把他送回村子。

再说被东北虎扑倒在雪地上的赵喜子，头脑一片空白。他感觉到有热乎乎的东西滴到自己脸上。睁眼一看，头顶是东北虎的血盆大口，只要一口下来，他的脑袋便能粉碎。

他闭上眼睛，只等一死，可是总不见动静。此时他回过神来，再看身上的东北虎，只是用爪子踩住自己，张着大嘴低吼着，并没有要下嘴咬他的意思。

求生的欲望使赵喜子来了勇气，他拼尽力气，从嗓子眼里冒出嘶哑的声音：“山神爷啊，我来山上是先祭拜过你的，你咋还要吃我哪？饶了我吧，我再也不动你的餐桌了——”

不知是这只东北虎听懂了赵喜子的哀告，还是本来就没打算吃人，它抬起爪子，放开赵喜子，走到他掉到雪地上的背包前，撕开背包，叼出里面的马鹿肉，大口大口地吃起来。

这本来就是山大王的食物呀!

赵喜子见东北虎只顾吃肉，就瞅准机会，托着受伤的右臂，连滚带爬地往山下村子跑。

东北虎仍在大口嚼肉，没有来追逃跑的偷猎者。

再遇老虎

赵喜子、钟石贵上山偷猎遇上东北虎的事，很快就在村子里传开了。

省电视台的小高和市电视台的小杜，两名年轻记者觉得这是很有价值的新闻题材，第二天上午就赶来，找好村里的向导，按赵喜子说的方位寻去。

到了赵喜子他们遇到老虎的现场，只见撕破的背包还在一旁，雪地上散落着被那只东北虎吃剩下的马鹿骨头。附近雪地上有一处两米多长、一米多宽的老虎趴卧的痕迹。看来，是那只东北虎吃光了鹿肉，在这里休息过夜。一行清晰的足迹通向密林深处。

小高和小杜两名记者兴奋地举着摄像机，拍摄了东北虎扑倒赵喜子并夺得马鹿肉的现场。然后，他们又沿着东北虎通向森林的足迹，继续追寻。

沿着足迹一路拍去，他们一口气儿往林中走了约五千米。向导有些不耐烦了，催促他们："回去吧，别这样没完没了地录下去了。"

话音刚落，几个人便发现前方不远处有一只东北虎正背朝着他们，慢慢地往林中走着。

天哪，太难得了！竟然能拍到野生东北虎的影像，两名记者的心狂跳起来。他们顾不上害怕，扛着摄像机向前跟踪拍摄。

旁边的向导已经吓得不敢吱声，既想劝他们别往前走，又怕自己在林中落单遭遇更大的危险，只好心惊胆战地跟着记者。

他们离前面的东北虎越来越近，镜头的影像越来越清晰。两个记者忘乎所以——前面的东北虎一副若无其事的样子，慢吞吞走着。

其实，那只东北虎早已觉察后面有人跟踪，它突然失去了耐心，猛然转过身，朝三个人飞奔而来。三个人这才如梦初醒，撒腿狂奔。

记者的幽默

三个人很快就逃到一条山路上。山路的雪被清雪铲车推到了路边，两侧形成了一人多高的雪墙。他们只能顺着山路跑，无法躲到别处。

三个人早吓得失魂落魄。他们在前面跑，老虎在后面追。跑着跑着，记者小高突然脚下一滑，摔倒了。他一面挣扎着爬起来，一面大叫："快来救我呀——快来——"前面的小杜和向导站住了，可是他们哪里敢回来。只能眼睁睁、直愣愣地站在那里。

在东北虎距离小高还有十几米时，它突然停了下来，瞪着两只火球一样的眼睛，微微晃了晃脑袋，冲着小高低吼了一声，然后纵身一跃，跳过路边的雪墙，慢慢走进了林中。

三个人惊得目瞪口呆，半天才恍然大悟，一阵狂奔，直到回到村子里，浑身上下仍哆嗦个不停。

两个记者想起带来的摄像设备，赶紧检查刚才录的资料。看完了这段珍贵的录像，他们坐在农家炕头上，大笑不止。

小杜打趣地问小高："喂，那东北虎朝你叫了一声，好像在跟你说什么呢。"

"是啊，它说了，它是想凑近点儿，让我们好好录录，上个电视啥的。没想到，吓着我们了——"

"哈哈哈——"

人不伤虎，虎不伤人

人们往往“谈虎色变”，认为虎是“食人兽”。吉林省林业科学院野生动物专家吴志刚研究员说，按照国际上通行的说法，人不伤害老虎，通常老虎也不会主动伤人。世界第一届虎保护大会召开时，为了印证“老虎不会轻易伤人”这一观点，还特地安排了一个自小喂大老虎的女郎面对虎口，安然无恙的表演。

吉林省林业科学院李彤研究员说，用老百姓的话讲，人不伤虎，虎不伤人，这是有一定道理的。野生动物在野外生存，它和人的接触比较少，见到人很陌生，会表现出一种先天性的恐惧心理。人如果事前有所准备，虎不会主动攻击人，但是如果虎和人离得非常近，在双方都没有心理准备的情况下，人因惊慌做出喊叫、逃跑等行为都会激怒老虎。虎有一种本能，人的喊叫或逃跑会被虎当作是一种威胁，它便有可能向人发起攻击。还有一种情况是，动物的嗅觉比较敏锐，东北虎如果受到人类的伤害，比如从猎人手里逃脱，它就会牢牢记住，对伤害过它的人类进行报复。对老虎来讲，也许这种反应久而久之，就会养成一种报复人类的恶癖，有这种恶癖的虎就是一种伤人的虎。所以，可以把虎分为偶然伤人的和经常伤人的两种类型，而珲春伤人的东北虎就属于偶然伤人的虎。

俄罗斯曾出现过一只“食人虎”，最后人们不得不把它猎杀了。我国的动物园中也发生过虎伤人甚至咬死人的情况，可能与老虎处于发情期或受到某种刺激有关。

猛虎伤人

老胡的谎言

一九九六年冬季的一个上午，吉林珲春一位农民老胡，约同伴一起去图们江捕鱼。老胡独自一人到江边的森林中“方便”时，突然听到旁边树林子里传来一阵异常的声音。他扭头一看，在距他仅二十多米远的灌木丛中，一只东北虎正虎视眈眈地看着他！

老胡曾是一个老练的猎人，他偷偷瞄了瞄东北虎，感觉这只虎还没有马上要攻击他的意思。快逃吧！他想着，便慢慢往后退，刚退了没几步，东北虎便一跃而起，将他扑倒在地。

老胡虽然赤手空拳，已经被老虎按倒在爪下，但他没有坐以待毙。体格健壮的他瞅准时机，一个鲤鱼打挺站立起来，侧头躲过迎面而来的血盆大口，抡起拳头，同东北虎搏斗起来。

就在东北虎再一次张着大嘴，咬向他时，他竟将打出去的右拳，一下子捅进了老虎的大嘴里。等他想把手臂从虎嘴里拔出来时，已经来不及了。老虎一使劲儿，咬住了他的右臂。

老胡疼得直冒汗，可是干着急，手臂就是拽不出来。

老胡急得拼命乱踢两只脚。也许是他把东北虎踢疼了，也许是东北虎本来觉得他就不是自己的对手，不想跟他搏斗了，它嘴一松，老胡把受伤的手臂掏了出来。

老胡爬起来，没敢再跑。他清楚自己根本跑不过虎。他就站在那儿，没敢挪地方。

这只东北虎瞅了瞅老胡，却转身离开了，慢慢走进森林深处。老胡这才端着受伤的右臂，慌慌张张地跑回村里，找了一辆车，去城里医院挂急诊。

老胡空手与东北虎搏斗的事，很快就在当地传开了。他被记者誉为“当代武松”。

事隔两年后，中、俄、美三国专家联合在吉林省进行虎豹种群状况调查时，俄罗斯猫科动物研究专家、俄方领队皮库诺夫，听说了一九九六年冬季老虎咬伤农民的事情后，马上问：“咬伤者是否曾经打过猎或下过套子？”中方人员告诉他：“我们多年前已实行了‘禁猎’，当地农民既不打猎，也不下套子。”

皮库诺夫听了摇头一笑。稍后，他告诉中方专家，根据他的研究，老虎一般不会主动攻击人，但它的报复心很强，记性又好。皮库诺夫分析说，珲春的老虎伤人事件很可能是因为人下了套子，曾套住过这只老虎，还好，它成功挣脱了。但从套子上，老虎闻到并记住了下套子的人的气味，所以找机会来攻击人。

后来，中方专家问起村里人，老胡是否下过套子或打过猎时，邻居说：“全村只有他，总是偷着打猎又下套子。”

皮库诺夫的判断是正确的。

老虎记仇

皮库诺夫给大家讲了一个真实的故事。

俄罗斯有一个猎人，在偷猎老虎时，曾打伤一只老虎的前爪，但这只老虎还是逃掉了。过了一年后，这个猎人和另外两个人一起进山打猎。

这个猎人走在两人中间。走着走着，林中忽然蹿出一只猛虎，直接将中间的猎人扑倒了。

猎人被老虎咬死，老虎扬长而去。

闻讯赶来的专家，从留在雪地上的足迹看出，这只虎的其中一只脚爪受过伤。大家这时才明白，这极有可能就是被这个猎人打伤的那只老虎来复仇了。

杀戮者的下场

那是很多年前的事了。当时虽然还没有禁猎，但山里大多数猎人打猎只是为了生计。他们虽然没有多少文化，但人与大自然共生的意识他们还是有的。

每年冬天，猎人们上山打上几只狍子，就不再杀戮。遇到几头野猪，他们遵循“不打绝”的理念，打上一两只后，便把其余的放走，让它们继续繁衍。

当地一个有名的猎手，枪法很准。他为了让猎枪火力更猛，还进行了改装。他不仅枪法好，还在狩猎方法上样样精通：下夹子、下套子、挖陷阱……山上各类野兽飞禽，常常会因他而遭殃。

他虽已五十岁，但对打猎这个行当而言，职业生涯正处于巅峰。他打猎总是独来独往，既不带猎狗，又不结伴，却总是满载而归。

这一天早上，他又自己上山了。可到了下午，有人在一段山路上碰到了一身是伤的他。他趴在路上，从山上延伸下来的血迹看得出，他是一点一点爬上山路的。

他浑身是血，受伤很严重。看见他的村民们赶紧把他背到邻近的村子，找来一辆汽车，将他送进医院。

奄奄一息的他，断断续续地讲出了事情的经过：

那天，他进山走了没多远，就发现有一只刚走过去的狍子。因为雪上的蹄印还新鲜松软，蹄印旁还有一堆狍子拉的粪便，他便跟了上去。

他想，用不了多大工夫，就会撵上这只傻狍子，然后用猎枪把它撂倒。追着追着，他突然觉得有点不对劲儿。

凭借几十年当猎人的敏感和经验，他意识到旁边林子里好像有一双眼睛在窥视着他。他警觉地停下来，朝林子四周张望，却什么也没有看到。

他还是不放心，又离开狍子踩出的轨迹，往林子深处走了走。见没发现什么异常，他又回到雪地上狍子留下的足迹那里，继续追踪。

没想到，他这次遇到的是一只精明的狍子。追了一上午，他愣是没有见到那只狍子的踪影。

前面山坡顶上耸立着一处高墙一般的大石砬子。当他追到这里时，发现石砬子挡住了风雪，下面不那么寒冷。

也接近晌午了，他便在石砬子下面坐下来，掏出怀里带的吃的。他简单吃了一点儿，站起来，准备继续追那只害他追了一上午的狍子。

突然，就听头上一声巨吼。他回头一看，一只东北虎从石砬子上扑过来，两只大铁锤一般的巨爪砸向他……

他躺在医院里，不到一天就咽了气。有人说，要不是他以前打死了那么多飞禽走兽，也不会有今天这样的结局。

山神爷的余粮

刘伟在37林班采伐作业。这儿离林场场部远，晚上不能回家，得住在工棚里。但这里的木材质量好，一天能伐近二百方，工资开得高。

这天清晨，刘伟来到一个新的作业点，正要打开油锯，突然前方传来低沉的吼声。刘伟听得一愣，往前望去，只见离自己将近二百米的雪地里，趴着一只壮硕的东北虎，它的面前还躺着一头死鹿。

原来山神爷在这里捕猎呀。

刘伟默默地看着东北虎，东北虎也远远地注视着刘伟。刘伟嘀咕："山神爷，对不起了，我不是有意打搅你。我现在就走，你慢慢享用。"

刘伟带着歉意，轻轻提起油锯，尽量不发出动静，面对着老虎倒退着离开。他来到附近另外一个作业点。一名林业工人见到刘伟，很奇怪地问：“走错了吧？咋跑我们这里来了，你不是去左边那个点采伐吗？”

刘伟凑到他的耳边，小声说：“别嚷，那边有一只东北虎逮了一头鹿，正在用餐哪！”

第二天，刘伟想，那只东北虎一定早吃完鹿，离开那片林子了，便又来到昨天曾去的那个采伐点。东北虎果然不在。

老虎趴着的地方，那头死鹿还在雪地上，有两只乌鸦在旁边蹦蹦跳跳的，看样子它们要享用这免费的大餐。

刘伟看着挺来气的，他讨厌这些专拣人家残羹剩饭的家伙，便跑过去轰走它们。他担心乌鸦还会再来，就用细密的松树枝，把死鹿遮盖好，留着等那只东北虎回来再吃。

刘伟回到昨天另一侧的采伐点。同事见他又回来了，就奇怪地问：“怎么，今天山神爷又在用餐？”

“啥呀，昨天老虎逮的那头鹿还好好地躺在那儿哩。一定是昨天我惊扰它了。”

“它今天会来的，不能让你总是惦记着它！”

同事揶揄道。

到了第三天，刘伟又去了那个采伐点。令他感到失望的是，死鹿依旧躺在他掩盖的松枝下。乌鸦还是钻了进去，吃掉了一些肉。刘伟站在那里，叹了口气。看来，这只东北虎真的被他惊到，不敢回来了。

生活和工作依旧，刘伟拎着油锯，开始伐树。

临下班要回工棚了，他刚走了几步，瞅瞅那头被松枝遮盖的死鹿，突然想，扔在这里也是喂乌鸦，不如带回去让大家改善一下伙食。

晚上，因为这餐有了鹿肉，大家自然说说笑笑，工棚里的气氛比平时热闹得多。

“刘伟，人家有拣狼剩的肉；你真行，能拣到老虎余粮。”

“别瞎说，这可是山神爷赐给咱们的美餐。别光想着吃肉，要感谢山神爷，记着它的好处。”刘伟笑呵呵地说。

山神爷打猎

春天是山里人采薇菜的大忙季节。大人、小孩一有空就往山上跑，那大把的薇菜可以换来钞票，改善生活条件啊。村子附近的山上，薇菜早被人们采光了。要想采到更多的薇菜，就得往远处的深山里钻。

要说跑山，谁也比不上村里的李玉财。他天不亮就骑着摩托车走了，一直到了三十多千米外的国境线附近。没有人能像李玉财那样跑这么远。他把摩托车放在山路边，拎着袋子上了山。

上午一袋子，下午又是一袋子。黄昏时分，满满两袋子的薇菜挂在了摩托车两边，可以回家喽！

这天上午，李玉财拎着袋子，正聚精会神地在山坡上采着薇菜。突然，他听到旁边响起一阵窸窣声。他扭头一瞅，只见不远处，一只梅花鹿正轻轻走过，边走边吃着旁边的嫩树叶。

在山上见到各种飞禽走兽，对山里人来说，就跟吃饭一样习以为常。他继续低头采薇菜。

又过了一会儿，他一抬头，忽见前方不远处，树下有一只东北虎，正悄悄地跟踪刚才那只梅花鹿。那只专心追捕梅花鹿的东北虎，没有注意到旁边的李玉财，李玉财也没有发出任何响动，继续采着薇菜。

不大一会儿，只听林中传来鹿的一声惨叫；接着，是一阵“哗啦啦”的声音。李玉财知道，这是东北虎正在拖拽那只鹿，要去隐秘的地方享用。

远处的林中，一只东北虎趴在那里，正大快朵颐。林下，李玉财专心地采着薇菜，仿佛什么事都没有发生……

老婆婆驱虎

在长白山支脉老爷岭的山沟沟里，你要是在这里转悠，人们就会跟你讲起一位朝鲜族的老婆婆把老虎吓跑的故事。

老婆婆住的村子叫草帽村。这里家家都在山上养牛，老人家也不闲着。虽说她是独自生活，又到了古稀之年，但她身体很好，还养了二十几头牛。

每天早晨，老婆婆都要步行几千米，来到一个叫橡树沟的地方，把牛栏打开，放牛到山上吃草和树叶。她带着干粮，待在那里看牛；直到傍晚，把牛赶进牛栏里，再回家。

这天，老婆婆把牛赶到一片山坡上，自己坐在山脚下歇息。突然，她发现牛纷纷从山坡上、大树后，惊慌地往山下跑，怎么拦都拦不住。

老婆婆一时慌了神，心想，山上肯定有什么让牛害怕的野兽。她好不容易把牛圈住了，数了一数，不对劲儿呀，少了一头。

她又仔细数了一遍，果然是少了一头大母牛——这些牛可是老婆婆的命，何况还是一头大母牛，能下牛犊子哟！

老婆婆起身，顺着山坡一路找去。她爬过山坡，前面是一片低洼的草甸子，一条小河盘绕在草甸子间。果然，远处有一只东北虎，正在小河对岸往树林里拖咬死的母牛。

老婆婆一看急了，发疯一般冲下山坡，边跑边挥舞着手里的镰刀，直奔老虎。她操着半生不熟的汉语嚷道：“你、你把我一起吃了吧，你这、你这偷牛贼——”

面对不顾一切冲过来的老婆婆，东北虎没有一跃而起扑上去。也许它是被白发苍苍、满脸愤怒的老婆婆吓到了；也许它从来没遇到过，有人会勇敢地扑上来索要它的猎物；也许是它知道自己吃人家的牛，有些理亏，还没等老婆婆追上它，东北虎便放下母牛，扭头跑进了林子里。

刚冲到小河中间的老婆婆，直愣愣地站在那里。等她缓过神来，又转身往回跑。她找来儿子，把死牛拉回了家。

牛虽然被老虎咬死了，可肉还是可以吃的。吃肉、卖肉、卖皮，总能减少些损失呀。

村里人听说后都围上来，关心地问这问那。老婆婆没有表现出一点沮丧的情绪，倒是十分得意地告诉大家：

“你们怕老虎，我不怕。我这么大岁数了，东北虎要吃我的牛，它就连我一起吃吧！”

村里人都竖起大拇指，夸赞她是一位勇敢的老婆婆。

虎吃家畜谁之过

对东北虎频繁出现在人类活动区，人们有两种解释，一种认为近年来生态环境保护加强了，人类的威胁不断减少，致使东北虎敢于向人类活动区靠近；另一种解释则完全相反，有人认为老虎惧怕人类，如果不是因为野生猎物太少，它们是不会主动进犯农户和牲畜的，这说明自然环境正在遭到破坏，可供捕食的野生猎物已经无法维持东北虎的生存了。

野生动物专家认为，虎豹等野生动物的习性，还是喜欢吃野生动物的，而之所以吃家畜，是因为人类破坏了其食物链，导致食物短缺。要解决这个问题，就要保持自然界的生态平衡，即不仅要保护虎豹等珍稀野生动物，也要保护所有野生动物及其栖息环境，否则，虎豹等食物链顶端的动物就会危害人畜安全，到后来其数量还是会越来越少，直至走向灭绝。

虎抢野猪

自制的扎枪

这些天来连降大雪，地上堆积的雪有一米多厚了。山上的野猪可是遭了罪，不但找不到吃的，连行走都极其困难。人们开始往山里跑，打野猪的人络绎不绝。

林场食堂的林师傅看着别人往家扛着野猪，又眼馋又着急，可是他脱不开身呀。

总算盼到这天休息，他从厨房拿出一把剔肉的尖刀，用铁丝将尖刀紧紧绑在一根长杆上，这就做成了一杆扎枪。林师傅扛着他自制的扎枪，兴冲冲地上了山。

从林场街道上走过，有熟人问他："林师傅，你这是干吗去？”

“上山逮野猪呀！你看，我这家什都准备好啦——”他说着，在人家面前晃了晃自制的扎枪。

熟人见状，免不了赞扬一句：“哇，林师傅真行，一看这扎枪就好使唤，你今天准能扎到野猪！”

林师傅咧着大嘴乐了：“那还用说，晚上到家里来吃野猪肉吧。”

黄毛子

林师傅果然没有白来。今天进了山，刚爬过一道山梁，就见前面的雪地里有一只灰黄色的小动物在爬。林师傅一阵兴奋。紧跑了一段后，他看清了，雪地里费劲爬着的正是一只野猪。

不过，瞅着这只野猪不算太大。林师傅想起人们常叨咕的一句嗑：蚂蚱再瘦也是肉呀。“小点也行！”他一边自言自语，一边握紧手里的扎枪，精神抖擞地奔了过去。

这是一只当年生的七八十斤重的黄毛子。敏锐的嗅觉让它已经感觉到，后面有危险的人在靠近。它加快了速度往前跑，可是，厚厚的积雪挡着它，哪里跑得过人呀。

林师傅猛跑一阵后，撵上了黄毛子，他瞄准它就是一扎枪。黄毛子尖声号叫着，挣扎着，很快就躺在雪里不动了。

山神爷夺食

林师傅不是贪心的人，这一只小野猪已经足够他一家吃上几天了。他把黄毛子背在背上，乐颠颠地往回走。

走着走着，背后突然刮起“嗖”的一阵风，他的头发“唰”地直立了起来。他知道不好，准是有大野兽来了。

正好前面就是一棵大倒木，他就势朝前一趴，躲在了大倒木下。

那大野兽在他后背上抓了一下，就从头上跃过去了。

林师傅壮着胆子，趴在大倒木上朝前看：原来是一只东北虎，嘴里叼着从他背上抢过来的小野猪，慢慢走进了林子深处。

林师傅松了一口气，扶着倒木站起来。

刚才可把他吓坏了，以为东北虎要吃他。现在他才明白，东北虎正远远地跟踪这只小野猪，是半路杀出的林师傅抢了先。

眼瞅着到嘴的食物被人给抢了，东北虎没有离开，而是躲在一边窥探着。瞅准了机会，虎扑过来，拿走了原本属于它的美食。

叫这件事一吓，林师傅再没心思找野猪了。他扛着扎枪，下了山。

一进村子，有人看见他，有些纳闷："林师傅，不是上山逮野猪吗，咋这么快就回来了？你逮的野猪呢？"

林师傅一乐："逮到了，可是我遇到了山神爷，就孝敬它老人家啦。"

在野外遇到猛兽该怎么办

现阶段，我国林区全面实施了天然林保护工程，对野生动物的保护力度也在加大。自然生态恢复以后，野生动物多了起来，人们遇到野生动物的机会也就增多了。

野生动物一般是惧怕人类的，它们只要感觉到人类闯入，就会躲得远远的。一些小型野生动物对人类而言没有危险，与它们偶遇十分有趣，可是，与虎、熊、豹等大型猛兽相遇，就会对人的生命安全构成威胁。

那么，在野外遇到猛兽时，我们应该如何保护自己呢?

在进入林区后，建议不要到林深树密、距离主干道较远的区域活动。尽量选择结伴而行，做好充分准备，如携带手电筒、应急药物、绷带、工具刀、通信设备等。在发现猛兽的活动痕迹时，要迅速撤离至安全区域躲避。在和猛兽近距离相遇时，我们首先应当保持镇定，站在原地不动，仔细观察它与你的距离及它的反应。

千万不能立刻转身逃跑，也不能挑逗、戏弄或者投喂，这样做可能会导致它直接向你扑来。此时，面向动物的方向轻轻地、慢慢地往后退，直到看不到它了，再迅速逃离才是正确的做法。